Deseo

En la cama con su rival

KATHIE DeNosky

◈ HARLEQUIN™

Editado por HARLEQUIN IBÉRICA, S.A.
Núñez de Balboa, 56
28001 Madrid

I.S.B.N.: 978-84-687-0939-0
Depósito legal: M-32254-2012
Editor responsable: Luis Pugni
Fotomecánica: M.T. Color & Diseño, S.L. Las Rozas (Madrid)
Impresión en Black print CPI (Barcelona)
Fecha impresion para Argentina: 17.6.13
Distribuidor exclusivo para España: LOGISTA
Distribuidor para México: CODIPLYRSA
Distribuidores para Argentina: interior, BERTRAN, S.A.C. Vélez
Sársfield, 1950. Cap. Fed./ Buenos Aires y Gran Buenos Aires,
VACCARO SÁNCHEZ y Cía, S.A.

Capítulo Uno

Brad Price miró fijamente el objeto que tenía en la mano y después a la niña pequeña que le sonreía mientras, al mismo tiempo, intentaba meterse los dedos de los pies en la boca. ¿Cuándo había perdido Sunnie su calcetinito rosa?

Brad se rascó la cabeza y recorrió el suelo con la mirada. La niña había tenido el calcetín puesto cuando habían llegado al Club de Ganaderos de Texas dos minutos antes. ¿Cómo podía ser tan rápida con tan solo seis meses?

Volvió a mirar el pañal que tenía en la mano y se preguntó quién le había mandado meterse en aquel lío y aceptar la responsabilidad de criar a la hija de su difunto hermano. Él no sabía nada de niños.

Cuando había tomado la decisión de adoptar a Sunnie, había pensado incluso en la posibilidad de retirarse de la pugna por la presidencia del club, pero solo lo había pensado. Se había comprometido a intentar ganar y él nunca se rendía. Además, creía en el club y en todo lo que este representaba, y pretendía criar a Sunnie en esos valores también.

La organización necesitaba a alguien con cabeza y con un plan sólido, y él era el hombre adecuado. Tenía varias ideas para estrechar la distancia que separaba a la vieja guardia de los miembros más jóvenes, para que el club estuviese más unido y se renovase la solidaridad que siempre había formado parte integrante de él. Era necesario hacerlo para asegurar el futuro del club y para continuar con los importantes servicios que este brindaba a los vecinos de Royal, Texas.

Tenía que averiguar cómo cambiarle el pañal a Sunnie lo antes posible si no quería que se crease una nueva polémica.

Si no se daba prisa no podría dar su visión general del club en la junta directiva anual y, por primera vez en la historia del club, una mujer, la única mujer a la que le habían permitido ser miembro del club, sería elegida como presidenta por defecto. Y no iba a permitir que eso ocurriese.

Brad cerró los ojos y contó hasta diez. Podía hacerlo. Tenía un máster en planificación financiera, se había graduado en la Universidad de Texas con matrícula de honor y después se había labrado una exitosa carrera como planificador financiero y había hecho toda una fortuna. Así que tenía que ser capaz de cambiar un pañal.

Pero, ¿por dónde empezar? Consiguió quitarle a la niña el pañal que llevaba puesto y poner el nuevo en la posición adecuada, pero no supo cómo se sujetaba a la cintura.

Estudió el pañal e intentó recordar lo que su

ama de llaves, Juanita, le había dicho que tenía que hacer antes de marcharse corriendo a Dallas a conocer a su tercer nieto, que acababa de nacer. Por desgracia, no la había escuchado con la debida atención.

Justo cuando decidió salir y preguntarle a alguna de las empleadas del club, oyó que se abría la puerta del guardarropa.

—Menos mal —murmuró, con la esperanza de que fuese alguien que supiese cambiar un pañal—. ¿Le importaría echarme una mano?

—¿Tiene algún problema, señor Price? —le preguntó una voz femenina que reconoció al momento.

Aliviado por tener ayuda, Brad no se sintió molesto a pesar del tono divertido de Abigail Langley.

Se giró para mirar a la que había sido su némesis toda la vida y, al verla sonriendo, suspiró con frustración.

Habían sido rivales desde que tenía memoria y, durante los últimos meses se disputaban la presidencia del club.

—¿Qué tal se te da ponerle estas cosas a un bebé? —le preguntó él, levantando el pañal.

Abby se echó a reír y colgó su abrigo.

—No me digas que el poderoso Bradford Price tiene un problema que no puede resolver con su gran lógica.

A él no le sorprendió que aprovechase la oportunidad para hacerle burla.

–Langley, guapa ¿por qué no vienes a ayudarme?

Ella se acercó al sofá en el que la sobrina de Brad se estaba mordisqueando los pies y los miraba con cara de felicidad.

–No tienes ni la menor idea de lo que estás haciendo, ¿verdad, Bradford?

Cuando lo llamaba así siempre hacía que le ardiese el vientre. Sabía que lo hacía para provocarlo, igual que en el colegio, pero no podía permitirse el lujo de responder. Si lo hacía, tal vez no lo ayudase, y ambos sabían que necesitaba su ayuda.

–¿Se nota mucho?

La familiar irritación que sentía siempre que la tenía cerca reemplazó al alivio que había sentido un poco antes al verla.

–¿Vas a ayudarme o voy a tener que buscar a otra persona para que lo haga? –le preguntó con impaciencia.

–Por supuesto que voy a ayudarte a cambiar a Sunnie –respondió Abby, sentándose en el sofá al lado del bebé–, pero no pienses que lo hago por ayudarte. Lo hago por este angelito.

Brad suspiró.

–De acuerdo. Me da igual.

No le importaba por quién lo hiciese, siempre y cuando cambiase a su sobrina y a él le diese tiempo a encontrar a alguien para que se quedase con la niña mientras decía su último discurso de campaña.

Cuando todos los candidatos hubiesen hablado, se marcharía a llevar a Sunnie a casa y ambos dormirían la siesta.

El día no había hecho más que empezar y ya estaba agotado. Cuidar de un bebé requería mucho más trabajo del que había imaginado. Además de tener que darle de comer a las horas más insospechadas del día y de la noche, había que hacer casi una maleta cada vez que se salía de casa.

–¿Por qué no has dejado a la niña con tu ama de llaves? –le preguntó Abby, metiéndose un mechón pelirrojo detrás de la oreja.

–Porque la han llamado esta mañana para decirle que a su hija pequeña le van a hacer una cesárea mañana. Va de camino a Dallas para estar allí cuando dé a luz –respondió Brad, ausente–. Estará un par de semanas fuera.

Fascinado con la eficiencia de Abby, observó cómo limpiaba a la niña con una toallita, le ponía polvos de talco, la levantaba y colocaba una toalla blanca con conejitos rosas debajo de ella.

¿Por qué las mujeres sabían automáticamente lo que tenían que hacer? ¿Es que nacían con un gen más que los hombres?

Esa tenía que ser la razón. Abby y él tenían la misma edad, y hasta que Sunnie había llegado a su vida, ninguno de los dos había tenido niños. No obstante, Abby parecía estar acostumbrada a cambiar a un bebé, mientras que él se sentía perdido.

En lo que a él le pareció un tiempo récord, Abby había cambiado el pañal a Sunnie.

–Esto es lo que se utiliza para sujetar el pañal a la cintura –le dijo, señalando una especie de velcro que había en los laterales del pañal.

Fascinado por la melódica voz de Abby, Brad tardó un momento en darse cuenta de que esta había dejado de hablar.

–¿Qué?

–Presta atención, Price. No siempre que necesites cambiar a Sunnie tendrás a alguien cerca para ayudarte.

–Estoy prestando atención.

Había estado escuchando, pero no el curso acerca de cómo cambiar el pañal que Abby le acababa de impartir. Aunque no se lo dijo.

–¿Qué acabo de decirte? –le preguntó ella.

Abby debía de tener los ojos más azules de todo Texas, pensó él, y no pudo evitar preguntarse por qué hasta entonces no se había dado cuenta de lo expresivos y vivos que eran.

–¿Señor Price? –lo llamó ella, levantando a Sunnie y poniéndose en pie frente a él–. Tu sobrina y yo estamos esperando.

Él se aclaró la garganta e intentó recordar lo que Abby había dicho, pero la vio con Sunnie en brazos, dándole un tierno beso en la mejilla, y pensó que era una imagen que jamás olvidaría, aunque no tenía ni idea de por qué.

–Esto… bueno… veamos.

¿Qué le estaba pasando? ¿Por qué, de repente,

no se podía concentrar? ¿Y por qué le estaba ocurriendo justo delante de ella?

Siempre había sabido cómo reconducir una conversación. ¿Por qué en esos momentos solo podía pensar en lo perfectos que eran los labios de Abby y en lo suaves que debían de ser?

–Sujetarlo bien. Asegurarlo con velcro. Evitar pellizcar la piel del bebé –consiguió decir por fin, no sin hacer un gran esfuerzo–. Entendido.

–¿Tanto tiempo has necesitado para recordar algo tan simple? –inquirió Abby–. Ha sido un golpe de suerte.

–Sí –contestó Brad, encogiéndose de hombros–, pero no importa. Lo que importa es que lo he entendido.

Ella sacudió la cabeza.

–Pues vas a tener que hacerlo mejor, Bradford. No puedes limitarte a adivinar. Tienes que aprender a hacer las cosas –lo reprendió, balanceándose de un lado a otro con la niña en brazos–. Ahora eres su papá. Tienes que hacerlo bien. Sunnie depende de ti.

Abby tenía razón. En ocasiones, la responsabilidad de haber adoptado y de tener que educar a su sobrina como si fuese propia le resultaba abrumadora.

–Te aseguro que haré lo que sea necesario para que Sunnie tenga lo mejor de lo mejor –le replicó molesto–. Creo que me conoces lo suficientemente bien como para saber que nunca hago las cosas a medias. Cuando me comprometo a algo, lo cumplo o, al menos, muero en el intento.

Abby lo miró fijamente durante unos segundos y luego asintió:

—Pues hazlo.

Ambos se quedaron en silencio al ver que Sunnie apoyaba la cabecita en el hombro de Abby. Era evidente que se iba a quedar dormida.

Brad vio a Abby cerrar los ojos también y abrazar a la niña.

—Que no se te olvide jamás la suerte que tienes de tenerla en tu vida, Brad.

—No se me olvidará —le contestó él.

Y algo en el comentario de Abby, o en la manera en que había utilizado la versión más corta de su nombre, lo impulsó a acariciarle la mejilla con los nudillos.

—Algún día serás una mamá estupenda, Abigail Langley —añadió.

Cuando esta abrió los ojos, su mirada parecía atormentada, cristalina.

—Lo siento, Abby.

¿Cómo podía haber sido tan insensible? No había pasado ni un año desde la muerte de su marido, Richard, y Brad sabía muy bien que habían intentado tener hijos antes de que falleciese.

—Estoy seguro de que algún día tendrás una familia —continuó.

Ella negó con la cabeza.

—Ojalá fuese cierto, pero…

Abby hizo una pausa para respirar hondo.

–Me temo que nunca tendré hijos.

El tono de resignación de su voz hizo que Brad asintiese.

–Por supuesto que sí. Tienes tiempo de sobra para tener hijos. Solo tienes treinta y dos años, igual que yo, y aunque no conozcas a otro hombre con el que quieras pasar el resto de tu vida, muchas mujeres tienen hijos solteras hoy en día.

Ella guardó silencio un momento antes de volver a hablar.

–Es más complicado que conocer a alguien o tomar la decisión de ser madre soltera.

–Tal vez te lo parezca ahora, pero ya verás como dentro de un tiempo ves las cosas de otra manera –insistió Brad.

Abby lo miró y una única lágrima corrió por su suave mejilla.

–Da igual cuánto tiempo pase.

Brad no entendía por qué Abby parecía tan triste y resignada.

–¿Qué pasa, Abby?

Ella lo miró fijamente unos segundos antes de responder.

–Que… no puedo tener… hijos.

Era lo último que Brad había esperado oír y le hizo sentirse como un idiota por haber insistido en el tema.

–Lo siento mucho, Abby. No sabía…

Se interrumpió. ¿Qué podía decir que no empeorase todavía más las cosas?

Ella encogió los delgados hombros.

–Hace tiempo que lo sé. Los resultados de las pruebas me llegaron justo después del funeral de Richard.

De eso hacía algo más de un año, y Brad se dio cuenta de que Abby todavía no lo había superado. Era normal.

No quiso hacerla sufrir más, así que decidió no decirle nada más para no volver a meter la pata, y la abrazó para expresarle su apoyo.

Pero el gesto pronto le recordó a otra época en la que lo habría dado todo por poder abrazar aquel cuerpo esbelto.

Nada más entrar en el instituto, había habido un verano en que se había dejado llevar más por sus hormonas que por el sentido común. Con quince años, había estado más que dispuesto a abandonar la rivalidad que tenía con Abby para salir con ella.

Por desgracia, Richard Langley se le había adelantado y, ya desde entonces, había sido evidente que estaban destinados a estar juntos. Tanto mejor. Abby era capaz de sacarlo de quicio en dos segundos.

–Creo que deberíamos ir a la sala de reuniones –le dijo ella, interrumpiendo sus pensamientos–. Es casi la hora de la reunión.

Su tono era suave, pero su voz más firme que unos minutos antes, y Brad supo que había recuperado la compostura.

Él asintió, la soltó y retrocedió.

No supo qué decir para no hacer que la situación fuese todavía más incómoda de lo que ya lo era.

–Espero que me dé tiempo a encontrar a alguien para que se quede con Sunnie –le dijo, mirándose el reloj.

–¿Cuánta siesta duerme? –le preguntó Abby, acercándose a la sillita de coche en la que Brad había llevado a la niña–. Si crees que puede dormir mientras duran los discursos, yo la cuidaré mientras tú das el tuyo.

Abby y él estaban en tregua desde la llegada de Sunnie a su vida, pero Brad no podía creer que Abby quisiese ayudarlo a conseguir la presidencia del club, dado que ella también la quería. Aunque tampoco la creía capaz de hacer algo mezquino a mitad de su discurso.

–¿No te importa?

–En absoluto –respondió ella, guardando las toallitas y los polvos de talco del bebé en la bolsa–, pero no creas que lo hago para ayudarte a ganar las elecciones, ni que no me alegraré cuando las gane yo y den la noticia durante el baile de Navidad.

Él sonrió, se sentía más cómodo cuando volvía a surgir la rivalidad entre ambos.

–Por supuesto que no. Lo haces por…

–Sunnie –terminó Abby, recogiendo su bolso y la bolsa de los pañales.

Sonriendo, Brad agarró el portabebés de la niña con una mano y puso la otra en el hueco de la espalda de Abby, para escoltarla hasta la puerta del guardarropa.

–¿Estás lista para entrar ahí y escuchar el mejor discurso de tu vida?

–En tus sueños, Price –le dijo ella, saliendo por la puerta–. Siempre has sido un charlatán, pero vas a necesitar un tornado texano para impresionarme.

Él rio mientras se dirigían a la sala de reuniones.

–Pues será mejor que se vaya preparando, señorita Langley, porque va a salir volando por los aires.

Sentada a la mesa en la que estaban los candidatos a las distintas sedes del club, Abby comprobó que Sunnie dormía tranquilamente entre Brad y ella antes de mirar a su alrededor.

Hasta hacía siete meses, el Club de Ganaderos de Texas había sido una organización exclusivamente masculina que no pretendía abrirse a las mujeres. Hasta que ella se había convertido en el primer miembro femenino en la historia del mismo.

Por desgracia, no la habían invitado a formar parte del club por lo que pudiese aportar al mismo, sino por su apellido.

El Club de Ganaderos de Texas había sido fundado por Tex Langley, un antepasado de su marido, y siempre había tenido entre sus miembros a algún Langley. Pero cuando Richard había fallecido un año antes, el club se había quedado sin la participación de ningún Langley, y la habían tenido que admitir a ella porque los estatutos exigían que hubiese alguno.

Abby suspiró, enderezó los hombros y se irguió un poco más.

No le importaba el motivo por el que había llegado al club. Pretendía que otras mujeres también pudiesen formar parte de él.

Cuando dijeron su nombre, miró a Sunnie por última vez antes de subir al podio a explicar cuál era su programa.

Supo que los miembros más antiguos del club no la miraban con buenos ojos, pero le daba igual. Iba siendo hora de que viviesen en el siglo XXI y de que se diesen cuenta de que las mujeres podían conseguir las mismas cosas que los hombres.

Repasó cada uno de los puntos de su plan de futuro y terminó su discurso diciendo:

—La comisión ha contratado a un arquitecto que ha presentado su proyecto para la construcción de un nuevo club. Tengo la esperanza de que voten a favor de este proyecto para que entremos en una nueva y emocionante era en el club. Para terminar, les pido que consideren lo que he dicho hoy y basen su voto en lo que puedo aportar al Club de Ganaderos de Texas como presidenta, y no en mi apellido ni en el hecho de que sea mujer. Muchas gracias, estoy deseando servirles como nueva presidenta del Club de Ganaderos de Texas.

Mientras volvía a su silla, recibió una gran ovación de algunos de los miembros más nuevos del club, y respetuosos asentimientos por parte de un par de los miembros más antiguos.

Estaba segura de haber hecho todo lo que estaba en su mano para ganar. El resto dependía de los miembros del club y de lo que quisieran votar al día siguiente.

—Mejora eso, Price —le dijo a Brad.

Los ojos castaños de este brillaron mientras se ponía en pie.

—Será pan comido, cariño.

Abby se preguntó por qué se había estremecido con aquel apelativo cariñoso, pero decidió ignorar su reacción y concentrarse en el discurso de Brad.

Tenía que admitir que era un buen orador y tenía ideas muy buenas, algunas paralelas a las suyas, pero eso no significaba que estuviese dispuesta a darse por vencida.

Brad y ella habían sido rivales desde que tenía memoria. Unas veces había ganado él y otras ella, pero la competencia había existido siempre.

Abby no pudo evitar sonreír al recordar algunos de los concursos en los que habían competido.

Su lucha por ver quién era mejor había comenzado en primero, cuando ambos habían intentado sacar las mejores notas de la clase. Después, habían competido por ser delegados de clase. En el instituto, más de lo mismo, y ambos habían terminado compartiendo la matrícula de honor.

Durante todo ese tiempo, se habían provocado, habían bromeado y se habían retado, y aunque su rivalidad nunca se había convertido en una guerra salvaje, tampoco habían sido amigos.

Por eso le había sorprendido ver a Brad preocupado por ella un rato antes en el guardarropa. Tal vez había sido ese el motivo por el que se había sentido obligada a contarle lo de su infertilidad.

Respiró hondo.

Todavía no era capaz de hablar del tema y no sabía cómo había podido hacerlo con él.

Estaba dándole vueltas a aquello cuando Sunnie empezó a moverse en su sillita y supo que se iba a despertar.

Antes de que interrumpiese el discurso de Brad, Abby tomó la bolsa de los pañales y su bolso, sacó a la niña de la sillita y salió de la sala por la puerta que había al final.

Solo llevaba unos minutos en el pasillo cuando Brad, portabebés en mano, y varios hombres más, salieron también.

—Mañana será la votación y después solo habrá que esperar al baile de Navidad para ver quién ha ganado —comentó Brad, dejando la sillita en el suelo.

–¿Ya hemos terminado por hoy? –preguntó ella, dándole un mordedor a la niña.

Brad asintió.

–Y me alegro. Creo que necesito llevarme a esta señorita a casa y darle un biberón antes de que ambos durmamos la siesta.

–¿No has pensado en buscar una niñera? –le preguntó Abby, dando suaves golpes en la espalda de la pequeña mientras la balanceaba de un lado a otro.

–No quiero que nadie se ocupe de ella –le contestó Brad–. Yo he asumido la responsabilidad de criarla y es lo que pretendo hacer. No quiero dejarla al cuidado de ninguna otra persona, salvo si tengo que salir alguna noche o asistir a alguna reunión.

–¿Y cómo te las vas a arreglar durante las próximas semanas sin tu ama de llaves? –le preguntó Abby.

Lo vio pasarse la mano por el pelo grueso y moreno y supo que no estaba cómodo con la situación.

–Lo haré lo mejor que pueda y si hay algo de lo que no sea capaz, llamaré a Sheila, la mujer de mi mejor amigo, Zeke Travers, o a mi hermana Sadie –le contestó–. Sheila es enfermera y cuidó de Sunnie hasta que me dieron la custodia a mí. Seguro que si lo necesito, cualquiera de las dos vendría a echarme una mano.

Brad pensó que debía agradecer a Abby su ayuda también.

–Por cierto, gracias por cuidarla mientras yo terminaba mi discurso. Te lo agradezco de verdad.

Abby sacudió una mano, como si lo que hubiera hecho no hubiera tenido la menos importancia.

–No me ha importado hacerlo –le respondió ella.

Dejó la bolsa de los pañales en el suelo y se arrodilló para sentar a la niña.

–Mi rancho está cerca de tu casa. Si no localizas a Sheila ni a Sadie, siempre puedes llamarme a mí e intentaré responder a tus preguntas.

–Lo tendré en mente –le dijo él con toda sinceridad.

Cuando Abby se incorporó, se miraron fijamente durante varios segundos y se dieron cuenta de que los demás candidatos se habían marchado y estaban solos.

De repente, Brad sonrió de medio lado.

–¿Te has dado cuenta?

–¿De qué? –preguntó ella.

Él señaló algo que colgaba de una de las vigas del techo.

–De que estás debajo del muérdago.

–No me había… –dijo ella, dejando de hablar al ver que Brad se había acercado y la había agarrado por la cintura– dado cuenta.

¿No iría a besarla?

–Tengo que hacerlo –comentó él, como si le hubiese leído el pensamiento–. Es una tradición.

Y antes de que a Abby le diese tiempo a recordarle que eran rivales y que aquella tradición no le interesaba lo más mínimo, Brad la estaba besando. Sus labios la acariciaron de manera firme y cariñosa, con una destreza que confirmó a Abby los rumores que había oído acerca de que era todo un donjuán.

Ningún hombre besaba así a no ser que tuviese un don natural para saber lo que le gustaba a una mujer, o mucha experiencia.

Y Abby sospechó que Bradford Price tenía ambas cosas.

Pensó que se le iban a doblar las piernas y se aferró a sus anchos hombros. La fuerza de los músculos que había debajo de la chaqueta de Armani no la ayudó lo más mínimo a recuperar las fuerzas. Pero él la abrazó todavía más y la apretó contra su cuerpo.

Por suerte, Sunnie escogió ese preciso momento para tirar el mordedor y ponerse a llorar con todas sus fuerzas, sacando a Abby del hechizo de Brad. Esta se apartó y miró a su alrededor para comprobar que seguían solos.

–Tengo… que ir… a por mi abrigo –balbució–. Sheila y yo… vamos a ir de compras para la fiesta… en la casa de acogida.

–Sí, y yo tengo que ir a darle un biberón a Sunnie y a dormir la siesta.

Para disgusto de Abby, a Brad no parecía haberle afectado lo más mínimo el beso.

Este le tendió la mano y ella le dio la suya sin

pensarlo. En cuanto sus palmas se tocaron, un latigazo le recorrió el brazo a Abby, que lo apartó enseguida.

–Que gane el mejor.

–O la mejor –lo corrigió ella automáticamente.

Brad sacudió la cabeza y le dedicó una de sus sonrisas.

–No creo que te pase nada por seguir soñando hasta el día que anuncien que he ganado yo –comentó.

–No te preocupes por mí, Price. Estoy deseando ver tu cara cuando gane yo.

–Eso ya lo veremos, Langley –le dijo Brad, tomando la bolsa de los pañales y la sillita con la niña.

–Lo mismo te digo –replicó ella.

Él se alejó por el pasillo riendo y Abby se preguntó cómo había podido permitir que la besase. ¿Y qué hacía allí, parada como una idiota, viéndolo marchar?

Incapaz de comprenderse a sí misma, Abby fue hacia el guardarropa.

Lo único que se le ocurría era que se hubiese vuelto temporalmente loca.

Sacudiendo la cabeza, recogió el abrigo y se fue a por el coche.

No sabía si estaba más enfadada con él, por ser tan arrogante, o con ella misma, por haberle permitido que se saliese con la suya.

Pero una cosa era evidente: No volvería a ocurrir.

Además de que no le interesaba ningún hombre, prefería tratar con Bradford Price, su rival de toda la vida, que con Brad Price, el hombre que mejor besaba en todo el suroeste de Texas.

Lo tenía claro.

Capítulo Dos

–Zeke, ¿está Sheila en casa? –preguntó Bradford en cuanto su amigo hubo respondido al teléfono.

–Hola, ¿cómo estás? –le respondió alegremente Zeke Travers.

Brad intentó relajarse frotándose la nuca.

–En estos momentos, nada bien.

–Ya veo –dijo Zeke riendo–. La que seguro que está en plena forma es Sunnie. ¿Dónde anda Juanita?

–Está fuera y…

–Ya, estás solo con el bebé –terminó Zeke en su lugar.

–Sí, y no deja de llorar –le contó Brad–. Tenía la esperanza de que Sheila pudiese saber qué le pasa.

–Lo siento, pero Sheila ha ido con Abby Langley de compras para la fiesta de Navidad que celebran el fin de semana que viene en la casa de acogida de mujeres de Somerset –le dijo Zeke–. ¿Puede ser que Sunnie tenga hambre? Cuando Sheila la cuidaba, me fijé en que tenía poca paciencia cuando quería el biberón.

–No hace tanto tiempo que le di el último, y

todo iba bien hasta hace diez minutos –le contó Brad–. Ha empezado a llorar y no para.

–Tal vez quiera que le cambies el pañal –sugirió Zeke.

–Ya lo he hecho. También he intentado balancearla, tomarla en brazos y andar por la casa con ella, pero nada funciona. Normalmente le gusta estar en su hamaca, pero esta tarde tampoco quiere.

–Pues no sé qué decirte –admitió Zeke–. Espera un momento. Acabo de ver el coche de Abby delante de casa. Le contaré a Sheila lo que pasa y le diré que te llame.

–Gracias, Zeke. Te debo una –le dijo Brad antes de colgar.

Luego tiró el teléfono al sofá y tomó a la niña en brazos.

Odiaba tener que molestar a Zeke y a Sheila. Estaban recién casados y tenían cosas más placenteras que hacer que ayudarlo a él a cuidar de la niña, pero tenía que admitir que necesitaba ayuda.

–No pasa nada, mi bebé –le dijo a la niña, dándole palmaditas en la espalda y paseándola de un lado a otro–. Todo va a ir bien.

Sunnie lloró todavía con más fuerzas, haciéndolo sentirse como un completo fracasado por primera vez en su vida.

Se miró impaciente el reloj y se preguntó por qué tardaban tanto Zeke y Sheila en devolverle la llamada.

Con Sunnie berreándole al oído, tardó un poco en darse cuenta de que estaban llamando a la puerta.

–Gracias a Dios –murmuró, corriendo a abrirla, seguro de que eran Zeke y Sheila Travers–. Os agradezco…

La que estaba en la puerta era Abigail Langley.

Estupendo.

Lo último que necesitaba era que volviese a ver que no era capaz de cuidar de la niña.

–A mí tampoco me gusta estar aquí –admitió ella, entrando en la casa–, pero Sheila ha empezado a encontrarse mal cuando estábamos de compras y me ha pedido que venga a ver cómo estáis.

Al parecer, Brad no había sido capaz de ocultar su fastidio al verla otra vez, pero al menos estaba allí para ayudarlo.

Brad le explicó todo lo que había hecho para intentar tranquilizar a la niña.

–No funciona nada y me da miedo que termine pasándole de tanto llorar.

Abby se quitó el abrigo rápidamente, le dio el bolso a Brad y alargó los brazos para que este le pasase al bebé.

–No pasa nada, cariño. Ya ha llegado la ayuda. ¿Dónde tiene el mordedor?

Brad le dio a Abby el que había intentado que la niña aceptase.

–No lo quiere. Lo tira.

Abby se lo colocó en la boca y Sunnie empezó poco a poco a calmarse.

—¿Tienes una mecedora? —le preguntó a Brad. Había bastado con que tomase a la pequeña en brazos para que llorase mucho menos.

—¿Qué demonios tiene ella que no tenga yo? —murmuró Brad entre dientes mientras la guiaba hasta el salón.

Señaló la mecedora que había comprado el día que había llevado a Sunnie a casa, se metió las manos en los bolsillos de los pantalones vaqueros y observó cómo Abby se sentaba y empezaba a balancear suavemente al bebé. Muy pronto la niña había dejado de llorar y parecía que iba a dormirse.

—Cuando he intentado hacer eso yo, solo he conseguido que llorase más —comentó Brad con cierto resentimiento.

El inmediato cambio de la niña cuando Abby la había tomado en brazos le hacía sentirse como un inepto, y lo que más le molestaba era que su rival hubiese sido testigo de ello.

—Me parece que el problema es que te pone nervioso tener que ocuparte de ella sin ayuda —le dijo Abby, cambiando a la niña de posición—. Y lo nota.

—No estoy nervioso —replicó él con el ceño fruncido—. Tal vez me dé algo de aprensión ser el único responsable de su cuidado, pero no soy de los que se ponen nervioso.

Abby rio suavemente.

–Aprensión, nerviosismo, llámalo como quieras, la niña lo nota y te está haciendo saber que le molesta del único modo que puede.

Brad se sintió insultado y la fulminó con la mirada.

–¿O sea, que era culpa mía que no dejase de llorar?

Ella le sonrió con indulgencia mientras negaba con la cabeza.

–No del todo. Yo creo que gran parte del problema es que lucha por no quedarse dormida.

–Yo lucharía por quedarme dormido, no por estar despierto.

–Y yo, pero Sunnie es cada día más consciente de todo lo que sucede a su alrededor y supongo que le da miedo perderse algo.

Mientras Abby balanceaba al bebé, Brad fue a la cocina a poner la cafetera y a ver si quedaba algo de la tarta de manzana de Juanita.

Lo menos que podía hacer era ofrecerle a Abby un café y un poco de tarta por haber conseguido callar a la niña.

Cuando volvió al salón, Sunnie estaba profundamente dormida.

–Creo que no deberíamos arriesgarnos a que se despierte si la tomas tú en brazos –dijo Abby en voz baja.

–No, por favor, no –dijo él.

Abby se levantó de la mecedora.

–Si me dices dónde está su habitación, la acostaré yo.

Brad la condujo escaleras arriba, a la habitación de Sunnie, sin poder evitar fijarse en la naturalidad con la que Abby llevaba a la niña en brazos.

Era una pena que no pudiese tener hijos.

Tal vez pudiese plantearse la adopción y ser madre de esa manera, pero al parecer todavía no estaba preparada para considerar esa posibilidad.

Mientras ella dejaba a la niña en la cuna, Brad encendió el intercomunicador por si la niña se despertaba.

–Gracias por venir –le dijo cuando ya estaban bajando las escaleras–. Hoy me has salvado la vida dos veces.

–Ya he visto que Sunnie llevaba el pañal seco, así que supongo que ese tema ya está superado, ¿no?

Brad asintió sonriendo.

–Resulta que es mucho más fácil que hacerla dormir por las noches.

Ya habían llegado abajo cuando añadió:

–¿Te apetece una taza de café y un trozo de tarta?

–Yo… debería marcharme y dejar que disfrutes de la tranquilidad –contestó ella, acercándose adonde había dejado el abrigo y el bolso–. Si vuelves a tener algún problema, no dudes en llamarme.

Antes de que le diese tiempo a recoger sus cosas, Brad le puso la mano en el hueco de la espalda y la llevó hacia el salón.

–A decir verdad, me vendría bien la compañía de un adulto un rato más. Ya has visto que con Sunnie todavía no puedo charlar.

–No, pero tienes que admitir que la niña sabe expresar cómo se siente –respondió Abby sonriendo.

–Eso sí es verdad. Todavía me pita el oído izquierdo.

Entraron en el salón y Abby se sentó en el borde del sofá.

–Si no te importa, creo que paso del café y la tarta. Si me tomo un café ahora, estaré despierta toda la noche.

–¿Te apetece otra cosa? –le preguntó él, acercándose a encender la chimenea–. Creo que hay algún refresco en la nevera.

–No, gracias.

–Te ofrecería algo más fuerte, pero como yo no bebo, tampoco tengo bebidas alcohólicas en casa.

Abby sabía por Sadie, la hermana de Brad, que lo más fuerte que este bebía era café o té con hielo debido a que habían tenido un hermano, Michael, que había sido alcohólico y drogadicto, y que había fallecido en un accidente de tráfico en el que su coche había caído por un precipicio.

–Yo tampoco suelo beber –admitió ella–. Solo una copa de vino de vez en cuando para cenar.

Brad se hundió en el mullido sillón que había al lado del sofá.

–No me malinterpretes, no tengo nada en contra de la bebida con moderación. El problema es cuando las personas no saben cuándo parar.

–¿Como le sucedió a tu hermano? –preguntó ella.

Él asintió.

–Mike tuvo una época muy rebelde e hizo todo lo que pudo para humillar a nuestro padre. ¿Qué mejor manera que convirtiéndose en el borracho de la ciudad?

Era evidente que a Brad le dolía que su hermano hubiese querido humillar a la familia Price. Y Abby lo entendía. Ella también había sufrido mucho durante el último año de instituto, en el que también había habido un escándalo en su familia y lo había pasado muy mal sabiendo que todo el mundo hablaba de ellos.

–Muchos chicos pasan por épocas difíciles –comentó en tono amable–. Seguro que Michael no pretendía terminar tan mal como acabó.

–Es probable que tengas razón. Por desgracia, Mike no fue capaz de salir de esa fase y todo empeoró cuando papá lo desheredó.

Lo único que Abby recordaba de Michael era que había tenido fama de chico juerguista y alborotador.

–¿Por eso se marchó de Royal?

–Papá había llegado al límite de su paciencia –le dijo Brad, asintiendo–. Le ordenó a Mike que se fuese de casa y este, en vez de esperar a que a papá se le pasase el enfado para hablar con él, se marchó de la ciudad. No volvimos a tener noticias suyas hasta hace ocho meses, cuando sucedió el accidente.

–Supongo que tu padre se quedaría destrozado con su muerte.

–Seguro que le ha afectado más de lo que parece –admitió él–, pero ya sabes cómo es Robert Price, le gusta guardar siempre las apariencias. Sadie no habría tomado la decisión de marcharse a Houston cuando se quedó embarazada de las gemelas si no le hubiese preocupado lo que pudiese pensar nuestro padre.

Abby había estado en Seattle por aquel entonces, trabajando en una empresa de desarrollo web que había montado con una de sus amigas de la universidad nada más terminar sus estudios. No se había enterado de lo de Sadie hasta más tarde, cuando había vendido su participación en aquella empresa y había vuelto a Royal para casarse con Richard.

–Yo me alegro de que decidiese volver a Royal –comentó con toda sinceridad–. Si no, tal vez no se hubiese encontrado nunca con Rick.

La hermana de Brad se había quedado embarazada después de pasar una noche con Rick Pruitt, justo antes de que este se marchase a Oriente Medio como marine. Habían perdido el contacto y no había sido hasta tres años después cuando se habían encontrado por casualidad en el Club de Ganaderos de Texas. En esos momentos estaban felizmente casados y disfrutando de sus gemelas de dos años.

—Papá se ha moderado con el paso de los años y se alegró mucho de que Sadie volviese con las niñas, así que todo ha salido bien —dijo Brad, mirando el intercomunicador que todavía tenía en la mano—. ¿Crees que Sunnie estará bien? Ha llorado mucho.

—Todos los bebés lo hacen —respondió Abby, un tanto divertida al ver a Brad tan inseguro—. Yo creo que está bien. De verdad.

—Eso espero —comentó él, dejando el aparato encima de la mesita que había al lado de su sillón.

—Esta tarde me has dicho que no tienes pensado contratar una niñera —le recordó ella—. Tal vez estarías más tranquilo si tuvieses a alguien que te ayudase un poco.

—No sé si sería lo mejor para la niña —le contestó Brad, sorprendiéndola.

A juzgar por su expresión, le había dado muchas vueltas al tema.

—¿Vas a intentar hacer esto tú solo?

Abby no había pretendido utilizar aquel tono de incredulidad, pero lo normal era que un hombre tan rico como Bradford Price contratase a alguien para que lo ayudase a ocuparse de sus hijos.

—Sí —afirmó él, convencido.

Se sentó hacia delante, con los codos apoyados en las rodillas, y se miró las manos como si intentase encontrar las palabras para explicar su razonamiento.

–Aquí lo importante no soy yo ni mi comodidad. Lo que importa es Sunnie. Con solo unos meses ya la ha abandonado su madre y la han utilizado para extorsionarme. Ha pasado por muchas manos y no ha tenido la oportunidad de crear un vínculo afectivo con nadie –argumentó–. Y yo creo que se merece mucho más que eso.

Abby no podía estar más de acuerdo. Sunnie había sido el resultado de una noche de sexo entre Michael Price y una mujer sin escrúpulos que, después de dar a luz, había intentado utilizar a su hija para chantajear a la familia Price por orden de un capo de la droga.

Habían enviado cartas de chantaje tanto a Brad como a otros miembros del Club de Ganaderos de Texas para intentar sacarles el máximo dinero posible. Cuando estos se habían negado a pagar, el extorsionador había hecho que la madre de Sunnie abandonase a la niña a la puerta del club con una nota que decía que Brad era su padre. La prueba de ADN que este se había hecho había demostrado que había un vínculo genético entre Brad y la niña, pero Zeke Travers había conseguido encontrar a la madre de Sunnie, que había terminado por confesar que la pequeña era hija de Michael Price y no de Brad.

Brad, por su sentido de la responsabilidad, ya que era tío de la pequeña, o porque la niña le había robado el corazón, había decidido adoptarla.

–Aplaudo tu dedicación –le dijo Abby, escogiendo sus palabras cuidadosamente–, pero sigo pensando que te vendría bien un poco de ayuda. Por lo menos, hasta que te acostumbres a cuidar del bebé.

–Ya han pasado tantas personas por su vida que quiero que sepa que siempre estaré a su lado. Por eso voy a trabajar desde casa durante los próximos seis meses.

–Vaya, veo que te lo has tomado en serio –comentó Abby, maravillada por todo lo que Brad estaba dispuesto a hacer por la niña.

–Por supuesto. Cuando la niña cumpla un año veré cómo van las cosas y tomaré la decisión de continuar así o de volver a mi despacho.

Abby no podía admirarlo más después de oír aquello.

El contraste entre Bradford Price, el genio financiero y playboy, y Brad Price, el recién estrenado papá, completamente volcado con su hija, era desconcertante.

Abby necesitaba tiempo para asimilar y entender ambas caras de su personalidad. Había sido mucho más fácil verlo simplemente como a su rival de toda la vida.

Se dijo que necesitaba distanciarse de él y se miró el reloj antes de levantarse del sofá.

–Tengo que irme. Mañana tengo que madrugar para ayudar a Summer Franklin con su campaña de recaudación solidaria.

–Es decir, que vas a ayudarla a llevar esos horribles flamencos rosas al jardín de algún pobre inocente, para que tenga que dar dinero para la casa de acogida de mujeres –comentó Brad, levantándose también para acompañarla a la puerta.

–Es por una buena causa –se defendió Abby.

–Yo no he dicho que no lo sea –dijo Brad riendo–, pero ¿no se les podía haber ocurrido algo menos feo que unos flamencos rosas?

Abby tomó su abrigo y su bolso.

–Si fuesen bonitos, la gente no pagaría por deshacerse de ellos y donaría menos dinero.

–Supongo que tienes razón –admitió él–, pero te voy a pedir un favor.

–¿Cuál? –le preguntó ella, poniéndose el abrigo.

Brad le colocó las manos en los hombros y la giró para que lo mirase.

–Que, cuando veáis mi casa, paséis de largo –le pidió sonriendo–. Haré una donación con tal de no tener que verlos.

Antes de que Abby se diese cuenta de lo que estaba haciendo, la abrazó.

–Gracias otra vez por haberme ayudado con Sunnie, cariño.

La mayoría de los hombres texanos utilizaban esa palabra para dirigirse a las mujeres, pero ella sintió un escalofrío al oírla de boca de Brad.

Y luego se preguntó cuándo se había vuelto tan musculoso el niño huesudo con el que siempre había rivalizado. ¿Y por qué le gustaba tanto

tener esos músculos apretados contra su cuerpo?

Se apartó apresuradamente de él y fue hacia la
puerta, esperando que Brad no se hubiese dado
cuenta de que se había quedado pegada a él un
poco más de lo necesario.

–Si eso te tranquiliza, te garantizo que los flamencos rosas no estarán mañana en tu jardín
cuando te despiertes.

Él sonrió y se metió las manos en los bolsillos
de los vaqueros.

–Me alegra saberlo.

Mientras salía al porche, Abby no pudo evitar
replicarle:

–Pero no te relajes demasiado, Price. Te llega-
rá el día cuando menos te lo esperes.

De camino al coche, se preguntó qué le pasaba. ¿Por qué se estaba fijando en los impresio-
nantes músculos de Brad después de tantos años?
¿Por qué se había sentido más segura en sus brazos que en mucho tiempo? ¿Tanto hacía que no
la abrazaba un hombre que hasta Bradford Price la
dejaba sin aliento y con el pulso acelerado?

–Te estás volviendo loca –se dijo a sí misma
mientras se subía a su lujoso todoterreno y salía a
la calle.

No quería que la abrazase ningún hombre,
mucho menos un mujeriego como Bradford Price, con sus penetrantes ojos castaños, su rostro
guapo y moreno, solo podía causarle problemas.

Además, después de haber sufrido la pérdida

de un marido no iba a entregarle su corazón a otro hombre y arriesgarse así a algo parecido.

Era una superviviente y había conseguido permanecer a flote durante todo el año anterior participando en varias organizaciones benéficas.

Y aunque en ocasiones se sentía sola, tendría que conformarse con servir a su comunidad. Era mucho menos peligroso para su cordura que el irresistible Bradford Price, con sus bíceps duros como piedras, el aspecto de una estrella del rock y la niña más adorable que Abby había visto en toda su vida.

–¿Cuánto tiempo más crees que debemos quedarnos para que no nos miren mal al marcharnos? –le preguntó Brad a Zeke, mirándose el reloj.

Si la fiesta en la que estaban no hubiese sido en honor de los candidatos de las distintas sedes del club habría rechazado la invitación.

Estaba deseando darles las gracias al presidente de la comisión electoral, Travis Whelan, y a su esposa, Natalie, y marcharse.

–¿Qué prisa tienes? –le preguntó Zeke sorprendido–. Pensé que te alegrarías de poder estar una noche sin la niña. Al fin y al cabo, llevas una semana solo con Sunnie.

Brad se encogió de hombros.

–No es precisamente fácil hacerla dormir, así que seguro que mi hermana está deseando que llegue a casa.

–¿Qué ha pasado con Brad el Malote, el ídolo de todas las hermandades femeninas de la universidad? –preguntó Zeke riendo–. Como no tengas cuidado, vas a arruinar tu reputación.

–Lo que se cuenta acerca de mis conquistas es una exageración –comentó Brad sonriendo–. No sé si recuerdas que era yo quien se pasaba el día estudiando en la habitación mientras Chris Richards y tú salíais por ahí.

–Eso debió de ocurrir un día –replicó Zeke–, porque no sé si te acuerdas de que Chris Richards, tú y yo estábamos siempre juntos por aquel entonces, y no precisamente estudiando.

Mientras charlaba con su mejor amigo de los días de universidad, Brad se dio cuenta de que Abby acababa de llegar a casa de los Whelan. Iba vestida con pantalón negro, chaqueta a juego y blusa rosa de seda debajo. Estaba impresionante. Para su sorpresa, se quedó sin respiración al verla.

Tal vez Zeke tenía razón y necesitaba pasar una noche fuera de casa. Era evidente que necesitaba compañía femenina.

–Creo que Sheila me está llamando –le dijo Zeke–. Apuesto a que otra vez que no se encuentra bien y quiere irse a casa.

–¿Ha ido al médico? –preguntó Brad, preocupado por la mujer que iba a ser la madrina de Sunnie.

–Todavía no –le respondió Zeke, dejando su copa de champán en la bandeja de un camare-

ro–. Tiene cita mañana. A ti te veré pasado mañana, en la reunión que tenemos con los comisarios.

–Dile a Sheila que espero que se recupere
pronto –le dijo Brad a su amigo antes de que este
se alejase.

Abby se acercó a Brad al ver que este se quedaba solo.

–Estoy preocupada por Sheila –le comentó.

–Y Zeke también, pero seguro que no le pasa
nada –le respondió Brad, girándose a mirarla–.
Estás muy guapa esta noche.

–¿De verdad?

–No te lo diría si no lo pensase.

–En ese caso, gracias –contestó Abby, dándole
un trago a su copa.

–¿Por qué piensas que no soy sincero? –le preguntó él con el ceño fruncido.

–¿Me lo tienes que preguntar? –dijo ella riendo–. No estoy acostumbrada a que tú me digas
esas cosas, Price, sino más bien a insultos velados
y a bromas a mi costa.

Brad quiso contradecirla, pero no pudo porque era cierto.

–Creo que es el momento de una disculpa
–admitió, aclarándose la garganta.

–Estás loco si piensas que te voy a pedir per-
dón, Price –le dijo ella con incredulidad–. Eres
un arrogante…

–Shh.

Brad dejó su copa en una mesa cercana y la agarró del codo para llevarla al jardín de los Whelan antes de que la gente se fijase en ellos.

Si iba a tener que pedirle disculpas, no quería testigos.

–¿Qué tramas ahora, Price? –inquirió Abby.

Cuando por fin estuvieron a solas, Brad le puso las manos en los hombros para evitar que se marchase y le dijo:

–Deja de sacar conclusiones precipitadas y escúchame. Quería decirte que mi comportamiento de los últimos años ha estado fuera de lugar. Y lo siento, Abby.

Ella sacudió la cabeza.

–Yo… no sé qué decir.

–Podrías empezar diciéndome que aceptas mis disculpas, pero haz lo que quieras.

Abby seguía confusa.

–Sí –dijo ella–. Las acepto.

–Bien –contestó Brad, sonriendo–. Ahora que ya me he quitado ese peso de encima, quiero que sepas que he sido sincero cuando te he dicho que estás preciosa esta noche, Abby.

–Gracias –le respondió ella.

Brad no podía estar seguro porque había poca luz, pero tuvo la sensación de que Abby se ruborizaba. Fascinante. Sin saber por qué, la tomó entre sus brazos y la apretó con fuerza.

–¿Qué demonios estás haciendo? –inquirió ella, intentando zafarse.

–Te estoy dando un abrazo de amigos –respondió él.

–¿Desde cuándo somos amigos?

Brad la soltó y retrocedió.

–Tal vez vaya siendo hora de olvidarnos de nuestra rivalidad y declarar una tregua.

Ella lo miró con cautela.

–¿Por qué ahora, después de tantos años?

Él se encogió de hombros.

–Me gustaría restaurar la unidad del club cuando sea presidente.

–¿De verdad? ¿Presidente tú? –dijo ella riendo–. Sabía que tenía que haber un motivo oculto para tan repentina generosidad.

Abby se dio la vuelta y se marchó.

Brad la vio volver al salón y se metió las manos en los bolsillos de los pantalones. ¿Qué demonios le estaba pasando?

Últimamente parecía querer aprovechar cualquier oportunidad para tocar y abrazar a Abby.

Sacudió la cabeza mientras volvía a la fiesta. La explicación de sus actos era sencilla. Era un hombre sano con un sano apetito por las mujeres. Y desde que había aceptado la responsabilidad de criar a su sobrina había estado sin compañía femenina, por lo que era natural que se hubiese acercado más a Abby, que era la única mujer con la que había estado en las últimas semanas.

Satisfecho por haber encontrado el motivo de su extraño comportamiento, fue a buscar a los anfitriones, les dio las gracias y después se marchó.

Tendría que volver a pedirle a su hermana que se quedase con la niña otra noche para poder salir de verdad. Y, hasta entonces, solo tendría que mantenerse alejado de Abigail Langley.

Capítulo Tres

Brad sonrió a su sobrina mientras colocaba la sillita del coche en el carro de la compra.

–Hasta ahora va todo bien, pequeña. El pediatra ha dicho que estás sana y has dormido durante toda la reunión con los comisarios de la Liga de Fútbol. Ahora solo tengo que comprar algo de leche en polvo y pañales para ti, un par de docenas de pizzas congeladas para mí y un quitamanchas para intentar lavar la ropa que me has puesto perdida cuando has eructado. Y luego nos iremos a casa, a dormir.

Era cierto que todos los bebés lloraban, unos más que otros. Y él tenía la sensación de que Sunnie era de las que lloraban mucho, pero esa tarde se había portado como una santa mientras Zeke, Chris y él se reunían con los comisarios de la Liga de Fútbol para concretar los últimos detalles del equipo semiprofesional que iban a adquirir.

Solo la idea de llevar el equipo a Royal le hacía sonreír.

Como en el resto de las ciudades de Texas, el fútbol era como una religión para los habitantes de Royal, y había formado parte de su vida tanto en el instituto como en la universidad.

No obstante, esperarían a la noche del baile de Navidad del club para dar la noticia.

Para entonces esperaban poder contar con Mitch Hayward, que había sido jugador profesional, como director general del equipo, y con Daniel Warren, el arquitecto que había ganado el concurso para reformar el club para diseñar el nuevo estadio que tenían pensado construir.

Empujó el carrito y se echó a reír.

Si alguien le hubiese contado seis meses antes que iba a estar comprando pañales y con un bebé subido a un carro de la compra, se habría muerto de la risa.

Levanto la vista y vio a Abby acercándose por el pasillo. Iba ataviada con botas, vaqueros, una camiseta rosa y chaqueta vaquera. Era toda una ranchera y Brad no pudo evitar pensar que estaba muy guapa.

Frunció el ceño.

Era la segunda vez en unos días que pensaba que Abby era atractiva.

Era evidente que necesitaba salir una noche. En cuanto llegase a casa llamaría a Sadie para que se quedase con la niña.

Satisfecho con su plan de acción, no pudo evitar sonreír.

Abby vio a Brad también y lo saludó.

–Te veo muy contento contigo mismo, Price –le dijo Abby–. ¿Sigues pensando en tu gran victoria?

–Por supuesto –le respondió él–. Estoy tan seguro de que voy a ganar como tú de que me vas a vencer.

–Es que te voy a vencer –le dijo ella, sonriendo al bebé–. ¿Cómo está esta niña?

–El médico ha dicho que está estupenda y casi no ha llorado cuando la ha vacunado –le contó él, sonriendo también–. Vamos a celebrarlo con un biberón para ella y una pizza congelada para mí, y viendo la televisión hasta que nos durmamos.

–Supongo que el pediatra te ha dicho que le puede hacer reacción la vacuna –comentó Abby, haciéndole cosquillitas a la niña en la barbilla.

Esta le sonrió y le dedicó un gorjeo.

–Sí –respondió Brad–. El médico me lo ha contado todo. No te preocupes, me estoy acostumbrando a cuidarla y no creo que vayamos a tener más problemas.

Abby lo miró a los ojos.

–Eso espero.

Su expresión de duda molestó a Brad.

–Todo irá bien. Hasta me he dado cuenta de que es mucho más fácil meterla en la cuna por las noches si no sabe lo que estoy haciendo.

Abby rio a carcajadas, lo que lo irritó todavía más.

–Vaya, esa sí que es buena. ¿Cuál es su secreto, señor Price?

–¿Por qué no te pasas esta noche por casa y lo ves con tus propios ojos? –inquirió.

Era evidente que no lo creía y, de repente, se

convirtió en un reto demostrarle que estaba equivocada.

–Me encantaría ver lo bien que lo haces, pero no voy a poder. He estado todo el día trabajando en el rancho y estoy bastante cansada.

–¿Te preocupa ver que tengo razón y que lo tengo todo controlado? –la provocó él.

–Tal vez prefiera no estar presente cuando te des de bruces contra el suelo –respondió Abby.

–Eso no me lo creo. Disfrutarías viéndome fracasar en algo y ambos lo sabemos.

–Admito que es tentador –admitió ella, mirando a la niña– pero…

–Estupendo. ¿Te gusta la pizza de *pepperoni*, de salchichas o la prefieres solo de queso?

Ella frunció el ceño.

–No he dicho que vaya…

–Da igual. Voy a comprar varias, ya te decidirás cuando estemos en casa –le dijo él, empujando el carro hacia el final del pasillo–. Te esperamos hacia las seis y media.

Antes de que a Abby le diese tiempo a rechazar la invitación, Brad había girado la esquina y se había dirigido a la sección de congelados del supermercado.

Brad sonrió a Sunnie, que estaba tan contenta, jugando con sus dedos.

Le dijo a la niña:

–Esta partida la he ganado, pero con la próxima me vas a tener que ayudar. Abby no se cree que pueda meterte en la cama sin que llores. Y vamos a demostrarle que está equivocada, ¿de acuerdo?

La niña rio y eso le dio ánimos.

–Estupendo –le dijo, yendo hacia la caja–. Si cumples tu parte del trato te compraré un coche cuando cumplas los dieciséis años.

Después de aparcar el todoterreno delante de casa de Brad, Abby sacudió la cabeza y se preparó para salir del coche.

Salió del coche y dio dos pasos, vacilando.

Tenía que haberse vuelto loca para estar allí en vez de en casa, hecha un ovillo en el sofá y leyendo un libro.

Llevaba varias horas luchando consigo misma. Le apetecía estar con Sunnie, pero su tío la incomodaba.

Había estado a punto de llamarlo por teléfono para decirle que le había surgido algo y que no podía ir a cenar con ellos.

Pero las ganas de tener a la niña en brazos y de jugar con ella habían podido más. Era una pena tener que ver a Brad al mismo tiempo, sobre todo, porque últimamente le estaba resultando muy atractivo e intrigante.

Sadie le había comentado en alguna ocasión, en tono de broma, que su hermano tenía como misión salir con todas las mujeres solteras de Royal, gracias a lo cual se había ganado la reputación de mujeriego, pero, al parecer, había abandonado ese tipo de vida para cuidar de la niña, y sin la ayuda de una niñera.

Estaba intentando ser un buen padre y Abby no podía evitar que eso le pareciese digno de alabanza y, muy a su pesar, muy sexy.

Si eso no era prueba suficiente de que se había vuelto loca, no sabía qué podría serlo.

Se prometió a sí misma que solo se quedaría unos minutos y tomó aire antes de llamar a la puerta.

Cuando Brad la abrió se le cortó la respiración y se le aceleró el corazón, tenía a Sunnie en un brazo y una camiseta negra en el otro.

–Vas sin camiseta –balbució ella.

–¿De verdad? No me había dado cuenta –dijo él riendo.

Abby no había pretendido decir aquella obviedad, pero nunca había visto un pecho tan impresionante en toda su vida.

Tragó saliva e intentó apartar los ojos de la delgada línea de vello moreno que bajaba por su vientre para desaparecer por la cinturilla de los pantalones vaqueros.

Jamás había imaginado que hubiese un cuerpo así debajo de los trajes de Armani que Brad vestía siempre.

Notó que le ardían las mejillas y apartó la vista cuando Brad la invitó a entrar.

–¿Te importa sujetarme a Sunnie un momento para que me ponga la camiseta? –le preguntó él, cerrando la puerta–. Desde que hemos llegado a casa, solo ha querido estar en brazos.

Al parecer, Brad no se había dado cuenta de lo mucho que la había afectado ver su magnífico torso, y Abby se alegró de ello.

Tomó al bebé y lo observó mientras se ponía la camiseta.

–Tengo la sensación de que a los bebés no les gusta el olor a limpio –comentó él–. En cuanto me pongo una, me la mancha.

–¿Por qué no te pones un paño en el hombro cuando le das el biberón? –le sugirió Abby, concentrándose en la niña, ya que era mucho más seguro que mirar a su tío.

Brad le puso la mano en la espalda y la condujo hacia el salón. Y Abby hizo todo lo posible por que no la afectase el calor que irradiaba su cuerpo.

–Lo intento –le contestó él riendo–, pero a veces se me cae, o Sunnie me lo quita. El caso es que tengo que estar cambiándome de ropa constantemente.

–Si te sirve de consuelo, lo peor pasará más o menos en un mes –le aseguró Abby sin apartar la vista de la niña–. Normalmente dejan de regurgitar más o menos a los seis meses, cuando aprender a mantenerse sentados.

–Sabes mucho de bebés.

La sonrisa de Brad le cortó la respiración. ¿Cómo podía haber estado tantos años sin darse cuenta de lo guapo que era?

–Durante una época, lei mucho sobre el tema –le contó, empezando a pensar en cómo podía salir de allí lo antes posible–. Cuando…

–¿Cuando Richard y tú intentasteis tener un bebé? –le preguntó él en tono amable.

Ella dudó un momento antes de asentir.

–Sí.

Prefirió no contarle la última vez que había pensado que podría tener un hijo, ya que todavía era un tema demasiado doloroso como para compartirlo con nadie.

Guardó silencio hasta que Sunnie apoyó la cabeza en su hombro y notó que estaba más caliente de lo normal.

–Vaya, Brad, ¿tienes un termómetro?

–Había uno de esos digitales que se ponen en el oído entre las cosas de Sunnie cuando la traje a casa –respondió él–. ¿Por qué?

–Porque me parece que tiene fiebre.

–¿Llamo al pediatra? –preguntó Brad preocupado.

Ella negó con la cabeza.

–Todavía no. Ve primero a buscar el termómetro, antes hay que ver si tiene fiebre.

–Ahora vuelvo –le dijo él, corriendo por el pasillo. Volvió poco después con el termómetro en la mano–. No sé cómo funciona. ¿Quieres que la tome en brazos yo mientras tú le tomas la temperatura?

Abby colocó el termómetro en el oído de Sunnie y le dio a un botón.

–Solo tiene unas décimas –comentó poco después–. ¿Te dijo el doctor qué le tenías que dar si le daba alguna reacción la vacuna?

Brad asintió y volvió a pasarle a la niña.

–He comprado unas gotas en la farmacia. ¿Crees que es eso lo que le pasa?

–Es probable –le dijo ella sonriendo mientras se sentaba en la mecedora con la niña en brazos–. Es normal que esté inquieta y que tenga un poco de fiebre después de una vacuna.

Mientras Brad fue a por la medicina, ella se puso a la niña en el hombro y le acarició la espalda para tranquilizarla.

–Ya verás como pronto te encuentras bien.

Acababa de decirle aquello cuando notó algo húmedo en el hombro.

–Vaya, me temo que tenía que haber puesto en práctica mi propio consejo de utilizar un paño.

–En el prospecto pone que puede tomar esto cada seis horas –dijo Brad, leyendo las instrucciones mientras volvía a entrar en el salón.

–Yo te puedo ayudar con la primera dosis –comentó Abby–, pero luego me voy a tener que marchar.

–¿Por qué? –preguntó él, alarmado.

Ella señaló su hombro.

–Creo que tenías razón con lo de que no le gusta la ropa limpia.

–¿A ti también te ha manchado? –dijo Brad riendo mientras llenaba el gotero y le daba la medicina a Sunnie–. No hace falta que te marches. Te dejaré una camiseta.

A Abby le gustó la idea mucho más de lo debido.

–Gracias, pero…

–Odio admitirlo, Abby, pero es la primera vez que Sunnie está enferma y me sentiría más cómodo si te quedases un rato.

Alargó la mano para acariciarle la mejilla a la niña y, sin querer, le rozó a ella un pecho.

–Quédate hasta que le haya bajado la fiebre –le pidió.

Abby comprendió que estuviese preocupado, pero el roce de su mano le había gustado demasiado y tenía que salir de allí como fuese.

–Seguro que Sheila o Sadie estarán encantadas de venir a ayudarte –le contestó.

–Zeke y Sheila están fuera de la ciudad todo el fin de semana, y Sadie, Rick y las niñas se han marchado a Somerset.

Abby habría sido capaz de decirle que se marchaba si no lo hubiese mirado a los ojos.

Nunca lo había visto tan preocupado ni inseguro.

–Bueno, me quedaré un rato.

Eso pareció aliviar su tensión.

–Iré a buscarte una camiseta para que te cambies –dijo Brad.

Abby estuvo a punto de decirle que no se molestase, ponerse su ropa le parecía demasiado íntimo, después de haberse pasado toda la vida rivalizando con él, pero la verdad era que estar con la camisa mojada era muy incómodo.

–Aquí tienes –le dijo Brad, volviendo al salón un par de minutos después con una camiseta de algodón en la mano–. El cuarto de baño de invitados está nada más salir al pasillo a mano derecha.

Tomó al bebé de sus brazos y luego añadió:

–Además de las gotas, ¿hay algo más que pueda hacer para que le baje la fiebre?

Abby se quedó pensativa.

–No creo que sea buena idea darle agua ni un biberón. ¿Por casualidad tienes suero? Yo creo que eso sería lo mejor para la fiebre.

–Si no lo tengo, iré a comprarlo.

–¿Dónde tienes todas las cosas que te trajo Sheila? –preguntó ella, andando por el pasillo–. En cuanto me cambie, miraré si hay suero.

–Lo dejé todo en la despensa –respondió él.

Abby entró en el baño y miró la camiseta de Brad, agradeciendo que fuese gruesa y de color gris, así no se le transparentaría el sujetador.

Nada más metérsela por la cabeza, fue como si el hombre que la estaba esperando en el salón la estuviese rodeando.

Cerró los ojos y disfrutó del olor a limpio, masculino.

Un olor muy sensual.

De repente, abrió los ojos y sacudió la cabeza. Brad podía oler bien, pero ella no iba a permitir que le interesase ningún hombre, mucho menos uno con el que había estado compitiendo toda la vida.

Además, era demasiado peligroso encariñarse con alguien.

Tanto su madre como ella se habían quedado destrozadas cuando su padre las había abandonado para irse con su secretaria.

Y después se le había vuelto a romper el corazón con la muerte de Richard, que había fallecido de un aneurisma hacía poco más de un año.

Pero el golpe más reciente lo había sufrido había unos pocos meses, cuando la madre del bebé que iba a adoptar había cambiado de opinión. Después de aquello, Abby se había jurado a sí misma que no volvería a arriesgarse a perder a alguien a quien quisiese.

Respiró hondo, se enderezó y se dispuso a abrir la puerta.

Ayudaría a Brad con su sobrina y después se quitaría del medio lo antes posible.

—Creo que por fin se ha dormido —susurró Brad.

Habían hecho turnos con Abby toda la noche para mecer y pasear a la niña.

—¿Te atreves a tomarle la temperatura otra vez?

Ella asintió y se tapó la boca al ver que se le escapaba un bostezo.

—La última vez era casi normal y me gustaría

saber que la fiebre le ha bajado del todo antes de marcharme.

Brad tomó el termómetro y se acercó a la mecedora, en la que estaba Abby con Sunnie en brazos.

Esa tarde, cuando se habían encontrado en el supermercado, Abby había dicho que se había pasado todo el día trabajando en el rancho y, no obstante, se había quedado allí con él para ayudarlo con la niña. Debía de estar agotada y no era buena idea que volviese conduciendo a casa, pero, conociéndola, si insistía en que se quedase a dormir allí, se marcharía solo para llevarle la contraria.

Miró el termómetro y vio que la temperatura de la niña era normal.

Suspiró aliviado y fue a decírselo a Abby, pero vio que tenía los ojos casi cerrados.

–¿Y bien? –le preguntó ella con voz cansada.

–Todavía no le ha bajado del todo –mintió Brad–. ¿Por qué no me das a la niña y te tumbas un rato en el sofá a descansar? Si te duermes, te despertaré cuando te toque tenerla un rato en brazos.

Antes de que a Abby le diese tiempo a protestar, Brad le quitó a la niña de los brazos y la ayudó a levantarse.

–Yo creo que se va a poner bien –dijo ella–. Prefiero marcharme a casa y que me llames si tienes algún problema.

–Preferiría que te quedases aquí –respondió

Brad enseguida–. Sabes de bebés mucho más que yo.

No quiso confesarle que, en esos momentos, le preocupaba mucho más ella que Sunnie. Aunque se lo hubiese dicho, no lo habría creído.

Abby dudó y cuando Brad ya pensaba que iba a decirle que se marchaba, la vio sentarse en el sofá y quitarse los zapatos.

–Descansaré solo un rato. Avísame cuando necesites que te tome el relevo.

–No te preocupes –respondió Brad sonriendo.

Abby acababa de apoyar la cabeza en los cojines del sofá cuando Brad se dio cuenta por su respiración de que ya estaba dormida.

Miró a la niña y esperó que no se despertase cuando la dejase en la cuna portátil que había montado un rato antes.

Cuando Sunnie estuvo acostada, miró a la mujer que había al otro lado del salón. No iba a despertarla, pero si no intentaba ponerla en una posición más cómoda, por la mañana le dolerían el cuello y la espalda.

Se sentó en el sofá y la tomó en brazos para tumbarla. Por un momento, pensó que la había despertado, pero en vez de sentarse y preguntarle qué es lo que creía que estaba haciendo, Abby le apoyó una mano en el pecho y se acurrucó contra él.

Brad notó su suave respiración en el cuello y una ola de deseo le invadió todo el cuerpo.

Cerró los ojos e intentó pensar en otra cosa, pero solo pudo pensar en lo bien que se sentía teniéndola tan cerca y en lo mucho que le había gustado su reacción cuando le había abierto la puerta sin camiseta.

Se preguntó cómo era posible que Abby le atrajese tanto últimamente.

Durante años, Abigail Langley había sido su rival y él se había sentido cómodo con aquella situación.

En la época del instituto en la que le había gustado, e incluso había pensado en pedirle salir, ella había estado centrada en Richard, y él no había tardado en volver a verla como a una rival y se había centrado en el equipo de animadoras.

Por aquel entonces, la había mirado con la inocencia de un joven enamorado y se habría conformado con un beso suyo, pero en esos momentos era un hombre con necesidades de hombre. Un hombre que llevaba tiempo sin estar con ninguna mujer y que lo que estaba pensando, y sintiendo, en aquel momento no tenía nada de inocente.

Cuando la mano de Abby bajó hasta su estómago tuvo que apretar los dientes y cambiar de postura para aliviar la creciente presión que tenía en la bragueta. Solo había querido ponerla más cómoda, pero al intentarlo, lo que había conseguido era incomodarse él.

Respiró hondo y se concentró en relajarse. Al parecer, acababa de cerrar un círculo. Volvía a ver a Abby como algo más que una rival.

La única diferencia entre el presente y el pasado era que en esos momentos Abby estaba libre.

Capítulo Cuatro

Abby abrió los ojos y se espabiló bruscamente al darse cuenta de que era por la mañana, no estaba en su cama y tenía la cabeza apoyada en… el muslo de Brad.

Giró la cabeza y lo vio sonriéndola.

–Buenos días, señorita Langley. ¿Ha dormido bien?

–Pues… sí.

¿Cómo había podido estar durmiendo en su regazo? Lo último que recordaba era que se había sentado a descansar un poco en el sofá.

Se incorporó y se quitó el pelo de la cara.

–¿Cómo está Sunnie? ¿Le ha bajado la fiebre?

Él asintió.

–Está bien. La fiebre le bajó más o menos a medianoche.

–¿Y por qué no me despertaste? Quería marcharme a casa.

Brad alargó la mano para apartarle un mechón de pelo de la mejilla, causándole un escalofrío con el roce de su piel.

–Te dejé dormir porque estabas agotada y no podía permitir que fueses conduciendo a casa y te pudieses quedar dormida al volante.

–¿No podías permitir que fuese conduciendo a casa? –repitió Abby indignada–. Te voy a decir una cosa, Price. No necesito ni tu aprobación ni tu permiso para...

Antes de que le diese tiempo a terminar la frase, Brad la tomó entre sus brazos y la besó. Abby pensó en zafarse de él y darle una bofetada, pero le gustó tanto el beso, estar apretada contra su fuerte pecho, que ni siquiera fue capaz de protestar.

Él profundizó el beso, dejándola sin respiración y con el corazón acelerado, haciendo que todo su cuerpo se acalorase.

Y luego jugó con sus labios y con su lengua hasta que consiguió que Abby respondiese y lo abrazase por los hombros.

Él llevo la mano a su pecho y la caricia la excitó todavía más. Hacía más de un año desde que había sentido pasión y deseo por última vez. El hecho de volver a sentirlos en brazos de Brad Price no solo era increíble, sino que la asustaba. Porque entre sus brazos aquellos sentimientos eran más intensos de lo que había pensado que era posible con cualquier hombre.

Utilizó el poco sentido común que le quedaba para intentar poner distancia entre ambos, pero él continuó abrazándola.

–Esto... no tenía que haber... ocurrido –balbució, intentando recuperar la respiración.

–Probablemente no –admitió él, mirándola a los ojos–, pero no me arrepiento lo más mínimo.

Abby se preguntó qué le estaba intentando hacer y por qué.

–¿Qué pretendes, Brad?

No había querido hacer la pregunta en tono acusatorio, pero era como le había salido.

Antes de que a Brad le diese tiempo a responder ambos oyeron a alguien aclarándose la garganta.

–He llamado, pero no ha contestado nadie, así que he utilizado la llave que me diste. Solo quería ver cómo te las estabas arreglando con el bebé –dijo Sadie, sonriendo con malicia–. Ya veo que está todo bajo control. Seguid con lo que estabais haciendo, que yo ya me marcho.

–No, no te vayas, espérame –le pidió Abby mientras fulminaba a Brad con la mirada–. Yo también iba a marcharme ya.

–No, seguid… charlando –le dijo Sadie, retrocediendo–. Tengo que pasar por el centro de acogida de mujeres a hacer una selección de los juguetes que han sido donados para la fiesta infantil.

–Se suponía que yo iba a ayudarte con eso –comentó Abby, preguntándose dónde estaban sus zapatos.

–Le diré a todo el mundo que te ha surgido algo y que no has podido venir –le respondió Sadie, dándose la vuelta para marcharse.

–Bueno, eso es cierto –intervino Brad–. Algo sí que ha…

–Ni se te ocurra decirlo –le advirtió ella.

Abby notó que le ardían las mejillas y no se le ocurrió nada que no fuese a empeorar todavía más la situación. Así que cerró los ojos e intentó tranquilizarse. Por desgracia, cuando volvió a abrirlos seguía en casa de Brad, en su sofá, entre sus brazos.

A Abby le entró pánico.

–Tengo que salir de aquí –murmuró, zafándose de él para buscar los zapatos.

Cuando se puso en pie, Brad se levantó también.

–Gracias por pasar la noche conmigo –le dijo sonriendo.

–Solo vine porque Sunnie me necesitaba.

–Has despertado con la cabeza apoyada en mi regazo, lo que significa que has pasado la noche conmigo, que hemos dormido juntos.

–No vayas por ahí, Price. No he dormido contigo.

–Claro que sí, hay clases y clases de dormir –dijo él riendo.

Abby se negaba a jugar a aquel juego tonto.

–¿Dónde está mi camisa?

–Todavía no se ha secado –respondió él, sonriendo todavía más–. No la he metido a la secadora porque era de seda. Tendrás que volver esta noche a recogerla.

Ella lo fulminó con la mirada.

–Puedes quedártela.

–Te agradezco el ofrecimiento, pero el color no me favorece –contestó él riendo–. Además, tú estás mucho más guapa con mi camiseta puesta de lo que estaría yo con la tuya.

Abby pensó que si hubiese tenido el bolso a mano, le habría pegado con él.

–¿Dónde están mis zapatos y mi bolso?

–Tu abrigo y tu bolso están en el armario del pasillo –le dijo Brad, agachándose a recoger algo de debajo de la mesita del café–. Tus zapatos están aquí.

–Gracias –le dijo ella, quitándoselos de las manos.

Se sentó en el sillón que había más lejos de Brad, se los puso y se levantó.

–Mi capataz te traerá la camiseta cuando vaya a comprar provisiones a Royal durante la semana.

Brad negó con la cabeza.

–No hará falta, ya me la devolverás la próxima vez que nos veamos.

Abby decidió que era mejor dejarlo como estaba que quedarse discutiendo con el hombre más desquiciante que había conocido en toda su vida. Fue hacia el armario del pasillo y no le sorprendió que él la siguiera para ayudarle a ponerse el abrigo.

–Creo que deberías asegurarte de que Sheila o Sadie pueden ayudarte la próxima vez que tengas algún problema con la niña –le dijo.

Le costaría no poder volver a ver a Sunnie, pero tenía que hacerlo. Cuanto más cerca estaba de ella y de su tío, más recordaba lo que más quería y no podía tener: una familia.

En vez de discutir con ella, Brad se la quedó mirando y luego se encogió de hombros y dijo:

–Ya veremos.

No era la respuesta que Abby había esperado, pero no podía pedir más.

–Te veré en el baile de Navidad –le dijo ella, yendo hacia la puerta.

–Seguro que nos vemos antes –le contestó él, justo antes de que ambos oyesen al bebé–. Me llaman. Hasta luego.

Abby lo vio darse la vuelta para ir a atender a la niña y luego cerró la puerta tras de ella y fue a por su todoterreno.

¿Por qué se sentía avergonzada?

No había pasado nada entre ambos, salvo el apasionado beso de esa mañana, que no iba a repetirse. Jamás.

Se había quedado a pasar la noche allí para atender a Sunnie. Y punto.

Que Brad no la hubiese despertado para que pudiese marcharse a casa no era culpa suya. También era él el responsable del beso de esa mañana. Ella no había empezado y el hecho de que tampoco lo hubiese parado era irrelevante.

Brad la había pillado por sorpresa y ella se había apartado en cuanto había podido.

Satisfecha de tener las cosas claras, se subió al coche y arrancó el motor.

De camino a la carretera principal, pensó en lo que haría durante el día. Se iba a dar una ducha, iba a llamar a Sadie para quedar a comer después de haber seleccionado los juguetes para la casa de acogida.

Cuando le explicase a Sadie por qué los había visto besándose, seguro que su mejor amiga la entendía. Al fin y al cabo, Sadie era la hermana de Brad y sabía lo incorregible que podía llegar a ser.

Suspiró pesadamente y tomó el camino que llevaba a la enorme casa del rancho que había compartido con Richard.

Si continuaba diciéndose a sí misma que sus acciones tenían una sencilla explicación y que ella había sido completamente inocente, tal vez terminase por creérselo.

Sentada en una de las mesas del Royal Diner, Abby esperó nerviosa a que llegase el momento adecuado para explicarle a Sadie lo ocurrido con Brad. La espera no fue muy larga.

—Bueno, supongo que querías comer conmigo para hablar de lo del beso —comentó Sadie sonriendo.

—La explicación de lo que viste es muy sencilla —respondió Abby, sin poder evitar hablar en tono defensivo.

—Siempre lo es.

—Fue culpa de tu hermano.

Su conversación con Sadie no estaba yendo como Abby había planeado. Se suponía que iba a estar tranquila y que no se iba a comportar como si la hubiesen sorprendido acostándose con el capitán del equipo de fútbol del instituto.

Su amiga asintió.

–No tengo la menor duda de que Brad fue el instigador, pero lo que quiero saber es por qué le permitiste tú que se saliese con la suya.

–Estábamos discutiendo y...

–Te besó para hacerte callar –terminó Sadie en su lugar, sacudiendo la cabeza y echándose a reír–, pero eso no explica tu reacción.

Antes de que a Abby le diese tiempo a responder, llegó la camarera a tomarles nota.

Ambas esperaron a tener la comida en el plato para retomar la conversación.

–Venga, dime por qué no evitaste que mi hermano te diese uno de los besos más apasionados que he presenciado en toda mi vida –empezó Sadie–. Y por qué respondiste a él.

–Me pilló desprevenida –contestó Abby.

–Abigail Langley, estás hablando conmigo –le dijo Sadie, sacudiendo la cabeza–. Sabes muy bien que si hubieses querido, le habrías parado los pies.

Abby abrió la boca para contradecir a su amiga, pero volvió a cerrarla porque tenía razón.

Por suerte, su amiga pretendía seguir hablado y ella no tuvo que contestar.

–Para empezar, ¿qué estabas haciendo en su casa? Brad y tú habéis sido enemigos desde el colegio. Yo creía que seguíais siéndolo, en especial, teniendo en cuenta que os estáis disputando algo importante, la presidencia del Club de Ganaderos de Texas.

–Yo… esto… –balbució Abby. Luego tomó aire antes de continuar–. Es complicado.

–Querías volver a ver a Sunnie, ¿verdad? –le preguntó su amiga en tono amable.

Abby asintió. Aunque ver a la niña significaba pasar tiempo con su tío. ¿Cómo podía expresar con palabras el conflicto de sentimientos que le provocaba cuando no lo entendía ni ella? ¿Cómo podía explicar que, al mismo tiempo que la enfadaba, la hacía sentirse más viva de lo que se había sentido en mucho tiempo?

–¿Tan transparente soy? –preguntó, más cómoda con la explicación de Sadie que con la suya propia.

–Te comprendo –le dijo su amiga, apretándole cariñosamente la mano–. Sé lo mucho que debe de dolerte desear tanto tener hijos y no poder tenerlos, pero cuando estés preparada, verás que hay otras alternativas. Siempre podrás adoptarlos, Abby.

Sabiendo que Sadie solo quería ayudarla, Abby asintió.

Su amiga no sabía que esa opción también se había truncado.

Respiró hondo.

–Tal vez me lo plantee algún día.

Estuvieron en silencio unos segundos y luego Sadie le preguntó:

–¿Y cómo tienes pensado vengarte de mi hermano por haberse aprovechado así de la situación?

—Espero ganar la presidencia del club y demostrarle de una vez por todas que voy en serio —respondió Abby—. Pretendo implicarme al máximo.

—Bueno, ya sabes que yo te apoyo —le dijo Sadie—. Brad es tan rígido que ya va siendo hora de que alguien ponga su ordenado mundo patas arriba.

Abby se echó a reír.

—Yo diría que Sunnie ya ha empezado a hacerlo. Cuando Juanita se marchó a Dallas el otro día, tu hermano no sabía ni cambiar un pañal.

Sadie asintió.

—Es verdad. Adora a las gemelas y es un tío fantástico, pero yo vivía en Houston cuando las niñas eran bebés, así que no pudo ver todas las noches que pasé en vela ni el ritmo frenético que tuve que llevar para cuidar de ellas.

—Yo diría que está aprendiendo —comentó Abby, sonriendo.

Luego decidió cambiar de tema.

—¿Habéis encontrado ya local para el Centro Cultural Familiar? —preguntó.

—Espero que el club decida construir una sede nueva y done el edificio antiguo a mi fundación —comentó Sadie esperanzada—. ¿Sabes cómo está la cosa? Tal y como está la economía, necesitamos un lugar al que puedan acudir las familias que están pasándolo peor con la crisis.

–Tengo entendido que los votos están muy divididos. La vieja guardia se aferra a las tradiciones y quiere quedarse en el edificio de siempre, y los miembros nuevos prefieren que se construya el proyecto de Daniel Warren.

Se levantaron de la mesa y fueron a pagar a la barra. Antes de salir, Sadie miró el reloj que había encima de la puerta.

–Tengo que darme prisa –le dijo a Abby, dándole un abrazo–. Si te enteras de algo, házmelo saber.

–Lo haré –le respondió Abby.

Capítulo Cinco

Salió de la cafetería y, al ir hacia su coche, vio que había un papel en el limpiaparabrisas.

De repente, se asustó, ya que sabía que tanto Brad como otros miembros del club habían recibido cartas de extorsión en los últimos meses.

Respiró hondo y tomó el trozo de papel.

No tenía motivos para preocuparse.

Zeke Travers había resuelto el caso y el responsable estaba ya entre rejas.

Abrió el papel y se quedó de piedra. Era de Brad y decía que pasaría por su rancho con Sunnie esa noche.

Abby miró a su alrededor, pero no vio a nadie por ninguna parte.

¿Acaso no le había dejado claro que buscase ayuda en otra parte si tenía algún problema con la niña?

Enfadada, se metió la nota en el bolsillo del abrigo y entró en el coche para volver al rancho. Al parecer, Brad Price la estaba atormentando deliberadamente, pero ella iba a pararle los pies.

Si se presentaba en su casa esa noche, le diría que la dejase en paz. Le gustaba su vida, tranquila, agradable, sin sobresaltos.

Su trabajo solidario, su papel en el club y la responsabilidad de estar al frente de uno de los ranchos de caballos más grandes de Texas. Con eso tenía suficiente.

No quería ni necesitaba la tensión y los dolores de cabeza de tener cerca a un hombre como Bradford Price.

Brad aparcó su furgoneta nueva delante de la casa de Abby, salió y abrió la puerta lateral para sacar a Sunnie. Todavía no podía creer que se hubiese comprado ese coche, ni que últimamente lo condujese más que el Corvette, pero con un bebé en su vida, había decidido que lo primero era la seguridad de Sunnie. Eso era mucho más importante que impresionar a las mujeres.

Era gracioso, cómo alguien tan pequeño podía haber cambiado tan drásticamente sus prioridades, pensó sonriendo mientras sacaba a la niña dormida del coche.

Se colgó la bolsa de pañales del hombro, agarró el asa de la silla con una mano y tomó un ramo de rosas con la otra. Se lo debía a Abby por haberlo ayudado durante los últimos días y aunque las flores no le parecían suficiente regalo para expresar su agradecimiento, era lo que tenía por el momento. Cuando Juanita volviese de Dallas, la invitaría a comer un día.

Satisfecho consigo mismo, subió las escaleras del porche y llamó a la puerta. Mientras esperaba, miró a su alrededor. Aunque Richard Langley y él no habían sido amigos, este lo había invitado en varias ocasiones a jugar al póker, el lugar había cambiado mucho desde la llegada de Abby.

–¿Qué estás haciendo aquí, Brad? –le preguntó esta nada más abrir la puerta.

–¿No has visto mi nota?

Sabía que sí, porque ella le había dejado un mensaje en el contestador diciéndole que no se molestase en pasar por su casa.

–Claro que sí –respondió ella, cruzándose de brazos–. Al parecer, el que no ha oído mi mensaje eres tú. Te decía que tenía planes para esta noche.

Él sonrió y le dio el ramo de rosas.

–Ah, sí, pero le había prometido a Sunnie que íbamos a venir a darte las gracias por haberme ayudado tanto, y no quería decepcionarla.

Brad sabía que no estaba jugando limpio, teniendo en cuenta la fascinación que Abby sentía por el bebé, pero lo cierto era que habría sido él el decepcionado si no hubiese visto a Abby esa noche.

Tenía que admitir que le gustaba estar con ella. Ninguna mujer lo retaba ni lo ponía firme como aquella.

Ella miró las flores color melocotón unos segundos antes de suspirar y retroceder para dejarlo pasar.

–Supongo que puedo dejar la decoración navideña para mañana.

–No será necesario –le dijo él, esperando a que Abby cerrase la puerta para dejar la silla de Sunnie en el suelo y quitarse el abrigo–. A Sunnie y a mí nos encantará ayudarte a poner el árbol, las luces y todo lo demás.

Ella se arrodilló al lado de la niña y empezó a desatarla.

–Da igual. Ya lo haré yo mañana.

–La verdad es que te agradecería que me dejases ayudarte. Así me darás alguna idea para mi casa.

–¿No la has decorado otros años? –le preguntó ella con el ceño fruncido.

Brad negó con la cabeza.

–Lo único que hacía era comprar algún regalo para mi familia.

–Y apuesto a que se los encargabas a tu secretaria.

Abby tenía razón y Brad se sintió un poco culpable por ello.

–Le decía cuál era el presupuesto y ella se encargaba de todo –admitió.

–Pues ahora que tienes a Sunnie vas a tener que esforzarte en conseguir que sean unos días especiales –le dijo Abby, tomando a la niña en brazos.

Ambos se incorporaron y a Brad se le ocurrió una idea.

–¿Me ayudarás?

Ella frunció el ceño.

–Seguro que Sadie estará encantada de darte

ideas. Al fin y al cabo, ella ya tiene experiencia con las gemelas.

Brad negó con la cabeza.

–Quiero empezar mis propias tradiciones con Sunnie, no copiar las de mi hermana con sus hijas. Además, estas van a ser sus primeras navidades con Rick y no quiero entrometerme.

Abby guardó silencio durante unos segundos.

–Supongo que tienes razón –admitió por fin–, pero no estoy segura de ser la persona más adecuada para ayudarte.

–Por supuesto que sí –le dijo él enseguida, acercándose más–. Venga, cariño, dime que me vas a ayudar a preparar las primeras navidades de Sunnie.

Brad vio a Abby cerrar los ojos, como si estuviese luchando consigo misma para tomar aquella decisión. Cuando los abrió, negó con la cabeza.

–Que conste que no voy a hacerlo por ti, sino por la niña.

–Por supuesto –contestó él, asegurándose de que su tono no era triunfante.

Le daba igual por quién lo hiciese. Abby iba a hacer lo que él quería.

Respiró hondo una vez, dos.

Iba siendo hora de que admitiese que entre ellos había mucho más que una rivalidad.

Y estaba seguro de que ella también lo sabía. ¿Qué quería hacer al respecto? ¿Estaba preparado para admitir que tenían una química que posiblemente había estado ahí siempre?

No estaba seguro. Solía salir con mujeres que solo querían pasarlo bien, pero Abby nunca había sido de esas. Abigail Langley era de las que se comprometían y tenían relaciones estables. Era una mujer para sentar la cabeza y formar una familia.

Brad tragó saliva y se obligó a frenar. Por el momento solo quería que lo ayudase a pasar las primeras navidades de su sobrina.

Se inclinó a darle un beso a la niña y luego sonrió.

—Bueno, ¿por dónde empezamos?

—¿El qué? —preguntó Abby, como distraída.

—Céntrate, Langley. Has dicho que vas a ayudarme a preparar las navidades con Sunnie —le dijo él riendo—. Quiero saber por dónde vamos a empezar.

Abby se ruborizó.

—He dicho que, si te ayudase, lo haría por Sunnie, no que te voy a ayudar.

—Pero vas a hacerlo.

Estaba seguro.

Ella lo miró fijamente antes de suspirar y asentir.

—Sí, voy a ayudarte.

—Bien —dijo Brad, tomando la sillita vacía de la niña—. Vamos a decorar tu casa para empezar después con la mía. ¿Dónde quieres poner el árbol?

—Delante de la ventana del salón —respondió ella, yendo en esa dirección.

Brad la siguió, deseando terminar allí para empezar a decorar su casa. Ya tenía una idea de lo que quería hacer y, si lo conseguía, serían unas de las vacaciones más entretenidas que había tenido en mucho tiempo.

Mientras Brad terminaba de colocar las guirnaldas de luces blancas en el porche, Abby calentó leche para preparar un chocolate caliente. Solo había pretendido poner el árbol y un adorno en la puerta, pero su entusiasmo había ido creciendo según había ido abriendo las cajas de adornos navideños que había ido guardando desde niña.

Aquella Navidad iba a ser muy distinta a la del año anterior, entre que Richard acababa de fallecer y que le habían dado la noticia de que no iba a poder ser madre, no había tenido ganas de celebrarla.

Pero el tiempo había aliviado su dolor por la pérdida de su marido y poco a poco se iba haciendo a la idea de que nunca tendría una familia.

–Las luces ya están –dijo Brad, entrando en la cocina–. ¿Qué quieres que haga ahora?

–Yo creo que hemos terminado –le dijo ella, tendiéndole una taza de chocolate caliente–. ¿La niña sigue dormida?

Él asintió.

–Parece que le gusta dormir en la sillita del coche, aunque yo creo que tiene que estar incómoda, tan apretada.

—¿Por qué algunos hombres se duermen nada más sentarse en un sillón reclinable y levantar los pies? –preguntó ella sonriendo.

Él frunció el ceño.

—No sé, yo no tengo sillón reclinable, pero supongo que, si se duermen, es porque están cómodos, le dijo a Abby mientras ella salía de la cocina para ir al salón.

—Pues piensa que esa sillita de Sunnie es un sillón reclinable para bebés.

—Supongo que tienes razón –comentó Brad siguiéndola.

Abby se sentó en el sofá, delante de la chimenea, y miró a su alrededor.

—Ha quedado tan bonito como imaginaba.

—¿No lo decoraste así el año pasado? –le preguntó él, sentándose a su lado.

Ella negó con la cabeza y cambió de postura para mirarlo.

—Richard había fallecido poco antes de Navidad y no quería estar aquí sola en las que habrían sido nuestras primeras navidades juntos como marido y mujer.

—Te entiendo. ¿Adónde fuiste?

—A Seattle –respondió ella–. Todavía tengo la casa del lago Washington.

—¿Está a orillas del lago? –le preguntó él, dejando la taza en la mesita de centro.

—No –respondió ella sonriendo–. Está en el lago.

Brad apoyó el brazo a lo largo del respaldo del sofá, detrás de ella.

–¿Tienes una casa flotante?

–Sí –admitió ella–. Las vistas me recuerdan mucho al lago al que solíamos ir a pescar cuando éramos niños.

Él sonrió.

–Allí fue la primera vez que te besé. ¿Te acuerdas?

–¿Cómo se me iba a olvidar? –preguntó ella–. Me diste un beso rápidamente y después intentaste meterme un saltamontes por debajo de la camiseta.

–Si no recuerdo mal, me amenazaste con hacer que me lo comiese si lo hacía –comentó él riendo.

Ella rio.

–Y habría cumplido con la amenaza.

Le dio un sorbo a su taza y luego sacudió la cabeza.

–Me sorprende que te acuerdes de aquel pequeño incidente –añadió.

Guardaron silencio unos segundos y Abby notó que Brad le estaba tocando el pelo.

–Ese verano teníamos seis años –comentó él–. ¿Crees que fue aquel el inicio de nuestra rivalidad?

–Tal vez –contestó Abby, intentando recordar cuándo habían empezado a competir por todo–. Ha pasado tanto tiempo que no recuerdo el momento ni el motivo.

–Yo tampoco –admitió Brad, enredando sus dedos en los rizos de Abby–, solo sé que llevas casi toda la vida volviéndome loco, Abigail Langley.

A ella se le aceleró el corazón al mirarlo a los ojos.

–Lo siento, pero creo que tú también has puesto mucho de tu parte para sacarme de quicio a mí.

–Pues no lo sientas –le dijo él, poniendo la mano en su nuca y acercándola con suavidad–. Hay distintos tipos de locura, cariño.

Y luego le rozó los labios con los suyos antes de añadir:

–Y esta es de la buena.

Brad la besó y Abby cerró los ojos.

No estaba segura de que lo que estaba ocurriendo entre ambos fuese bueno, pero Brad tenía razón en una cosa: estaba perdiendo la cordura.

Aquel era Brad Price, su rival de toda la vida, con el que en esos momentos estaba compitiendo por la presidencia del Club de Ganaderos de Texas. Era el último hombre con el que debía besarse, pero no tenía fuerzas para rechazarlo.

Cuando la abrazó contra su cuerpo y profundizó el beso, ella dejó de pensar.

Notó su pecho duro y las caricias de su lengua y sintió calor por todo el cuerpo. Había echado de menos notar los brazos fuertes de un hombre a su alrededor, sentir el deseo de sus besos.

Sin pensar en las consecuencias, lo agarró por los hombros y cedió a la tentación de sentirse deseada por un hombre.

Brad levantó la mano para acariciarle un pecho y le frotó el pezón endurecido con el dedo pulgar. A pesar de la ropa, las sensaciones que le provocó le hicieron sentir tal deseo que se quedó sin respiración.

De repente, se sintió como si no pesase nada y tardó un momento en darse cuenta de que Brad la había levantado para sentarla en su regazo. Se fundió contra él y se habría dejado llevar por el momento si no hubiese notado su erección contra la cadera y una gran sensación de vacío entre los muslos.

Se deseaban.

Abby se dio cuenta y sintió pánico.

–Creo… que… voy a preparar otra taza de chocolate caliente –dijo casi sin aliento, apartándose de él.

–No es chocolate caliente lo que me apetece –le respondió Brad sonriendo.

A Abby se le aceleró todavía más el corazón, si eso era posible.

–Pues es todo lo que puedo ofrecerte, Brad.

–Por ahora –replicó él–, pero eso no significa que la puerta vaya a estar siempre cerrada.

Antes de que a Abby le diese tiempo a contradecirle, él le dio un beso rápido y la dejó en el sofá, a su lado.

–Creo que es hora de que Sunnie y yo nos

marchemos a casa. ¿A qué hora quieres que vayamos de compras mañana?

–¿De compras? No recuerdo haber quedado en ir de compras contigo –le contestó ella, confundida con el repentino cambio de tema de conversación.

–Ya te he dicho que nunca he decorado la casa por Navidad, así que no tengo nada –le recordó Brad.

La ayudó a levantarse del sofá y continuó con la conversación.

No pensaba dejarla escapar.

–Necesito un árbol, adornos, luces y cualquier otra cosa que se te ocurra.

–Podría hacerte una lista –se ofreció Abby, desesperada por encontrar una excusa para no ayudarlo.

Brad seguía obstinado.

–No –respondió él sonriendo mientras tapaba a su sobrina con una manta–. Yo creo que es mejor que me acompañes.

–Preferiría no hacerlo –le dijo ella.

–¿Por qué? –le preguntó Brad, dejando a la niña para girarse a mirarla.

Abby se preguntó cómo podía explicarle que cuanto más tiempo pasaba con él y con él bebé, más deseaba estar con ellos y más se acordaba de todas las cosas que quería y que jamás podría tener.

Abby estaba cada vez más confusa.

Al verla dubitativa, Brad sonrió.

–Pasaré a recogerte sobre las doce –le dijo, dándole un beso que Abby no se esperaba y que la hizo derretirse por dentro–. Comeremos algo rápido y luego iremos de compras. Hasta mañana, cariño.

Capítulo Seis

Abby, que se había quedado sin habla después del beso, lo vio cerrar la puerta tras de él. ¿Qué le estaba pasando? ¿Por qué bastaba con que Brad la besase para que perdiese el control de su mente y de su voluntad? Para empezar, ¿por qué permitía que la besase?

Nunca había sido una persona fácil de manejar. De hecho, la habían acusado de ser todo lo contrario en numerosas ocasiones. Su madre siempre le había dicho que era demasiado independiente, e incluso Richard se había quejado en ocasiones de que parecía no necesitarlo tanto como él la necesitaba a ella.

Volvió a hundirse en el sofá y clavó la vista en el árbol de Navidad. ¿Qué tenía Bradford Price que la hacía actuar de una manera tan poco característica en ella?

Desde que eran niños se había puesto nerviosa solo de tenerlo cerca, como si estuviese esperando... algo. Pero, ¿el qué? ¿Un gesto? ¿Algo que le hiciese saber qué era lo que sentía por ella?

Tenía el corazón acelerado y le costaba respirar. ¿Habría intentado tapar con la rivalidad una atracción que en esos momentos estaba subiendo a la superficie?

Eso era ridículo. Respiró hondo. Tenía que haber una explicación para lo que estaba ocurriendo entre Brad y ella.

Lo más probable era que todo se redujese a que ella quería tener un bebé, pero no podía, y él acababa de adoptar a su sobrina. Si a eso añadía que eran los dos únicos solteros de su círculo de amigos, era normal que se sintiesen atraídos el uno por el otro.

Satisfecha por haber descubierto la razón de lo que estaba ocurriendo entre ambos, se puso en pie y fue hacia su dormitorio.

Con el misterio resuelto, se sentía preparada para manejar la situación. Lo primero que haría al día siguiente sería llamarlo y anular su visita al centro comercial, luego ayudaría a Sadie con lo del centro cultural, y empezaría a trabajar el doble en la casa de acogida de mujeres.

Se puso el camisón, apartó el edredón y se metió en la cama. Mientras se mantuviese ocupada y alejada de Brad y de su adorable sobrina, todo iría bien.

–Buenos días –dijo Brad en cuanto Sadie descolgó el teléfono–. ¿Cómo está mi hermana pequeña favorita?

–Recelosa –respondió ella sin dudarlo–. ¿Qué quieres, Brad?

–No he dicho que quiera nada –le respondió él, sonriendo mientras le daba una cucharada de leche con cereales a Sunnie.

–No hace falta –replicó Sadie riendo–. Con oír tu saludo sé que me vas a pedir algo. ¿Qué necesitas?

A Brad no le sorprendió que su hermana supiese que la llamaba tan temprano para pedirle algo. Lo conocía mejor que nadie. Casi mejor de lo que se conocía él mismo.

–¿Podrías quedarte con Sunnie un par de horas? –le preguntó, sabiendo que le iba a contestar que sí.

–Por supuesto. Las gemelas estarán encantadas de pasar un rato con su prima.

–Estupendo. Te la llevaré poco después de las doce.

–¿Vas a comer con alguno de tus clientes? –le preguntó Sadie, solo por darle conversación.

–No, voy a invitar a Abby a comer antes de ir a comprar decoración navideña –le contó él, metiéndose el teléfono entre la oreja y el hombro para poder levantar al bebé de la trona–. Abby me va a ayudar a prepararme para la primera Navidad de Sunnie.

Después de aquello se hizo el silencio.

–Sadie, ¿estás ahí?

–Sí.

–¿Qué tienes en contra de que Abby y yo pasemos tiempo juntos?

–Nada, no tengo nada en contra –respondió

ella, que poco después añadió–: Es solo que no quiero que Abby sufra.

–No voy a hacerle daño –le dijo él, frunciendo el ceño–. ¿Por qué piensas lo contrario?

Sadie suspiró.

–Sé que no lo harías a propósito, pero, admítelo, no tienes precisamente buena reputación con las mujeres. Y, te la merezcas o no, tienes que admitir que has salido con muchas sin pensar en ningún momento en comprometerte.

Ahí no podía decir que no.

Aunque nunca había engañado a nadie. Todas las mujeres que habían salido con él en los últimos diez años lo habían hecho sabiendo que él solo quería disfrutar de su compañía una noche o dos.

–Abby y yo somos amigos –comentó mientras entraba en el salón para dejar a Sunnie en su hamaca–. Me está ayudando con la niña.

–Bradford Price, a mí no intentes engañarme –le advirtió Sadie con firmeza–. Para empezar, Abby y tú jamás habéis sido amigos.

–Ambos hemos sido siempre muy competitivos, pero sin llegar a ser enemigos –respondió él en su propia defensa.

–Supongo que eso es verdad –admitió Sadie, pensativa–, pero no sé si te acuerdas de que os vi besaros la otra mañana. No fue precisamente un beso de amistad.

Brad no podía insultar la inteligencia de su hermana negando que hubiese sido un beso apasionado, pero tampoco quería darle más vueltas al tema.

–Sadie, te prometo que nunca haría nada intencionadamente para hacerle daño a Abby –le aseguró.

–Gracias, Brad.

Ambos guardaron silencio durante unos minutos, hasta que Sadie volvió a hablar.

–Pero ten mucho cuidado para no hacerla sufrir, ni siquiera sin darte cuenta. Sé que me estoy pasando de protectora, pero es mi mejor amiga y el año pasado fue muy duro para ella. Creo que ya va siendo hora de que vuelva a ser feliz.

Brad no podía culpar a su hermana por serle leal a su mejor amiga. Era una de sus virtudes que más admiraba.

–Abby tiene mucha suerte de tenerte de su parte –comentó.

Cuando la llamada terminó, Brad se quedó un rato en medio del salón, mirando el teléfono que todavía tenía en la mano. Lo último que quería era hacerle daño a Abby. Tal vez lo mejor fuese retroceder y dejar que siguiese su camino.

Pero pronto empezó a pensar de otra manera. No tenía ni idea de por qué le gustaba tanto pasar tiempo con ella, por qué quería abrazarla y besarla hasta que ambos estuviesen sin respiración, pero así era. Y aunque Abby estaba haciendo todo lo posible por luchar contra aquello, Brad tenía la sensación de que sentía el mismo magnetismo que él.

Teniendo en cuenta que era la primera vez en su vida que se sentía así con una mujer, al menos tenía que averiguar qué estaba pasando.

Siempre había creído que la vida estaba llena de posibilidades, y dejar escapar una podía significar perderla. Y aunque no sabía por qué, tenía la corazonada de que aquella oportunidad era importante y no debía dejarla pasar.

Abby no podía creer que estuviese en el Royal con Brad, esperando a que les diesen una mesa. Había intentado llamarlo varias veces durante la mañana para cancelar la cita, y hasta le había dejado un mensaje en el contestador, pero o Brad no se había enterado, o no se quería enterar. Abby sospechaba que era más bien lo segundo, aunque él lo hubiese negado cuando se lo había preguntado.

–¿Dónde quieres sentarte, en una mesa normal o en un reservado? –le preguntó él, acercándose más.

Ella sintió un escalofrío.

–En un reservado –respondió casi sin aliento.

–Hay uno libre en aquel rincón –le indicó Brad, poniéndole la mano en la espalda para guiarla hasta la otra punta de la cafetería.

Agradecida de que hubiese una mesa entre ambos, Abby se sentó. Entonces vio a dos miembros del club sentados unas mesas más allá y su humor empeoró todavía más.

–No creo que esto sea buena idea –le dijo a Brad, tomando una carta.

–¿Por qué dices eso? –le preguntó él con el ceño fruncido–. Yo pensaba que a todo el mundo le gustaba la comida de aquí.

–No me refería a la comida –replicó ella–. Me parece que Travis Whelan y David Sorensen han estado a punto de atragantarse al vernos juntos.

Brad giró la cabeza y los saludó.

–Hola, Trav, Dave. ¿Cómo estáis?

–No me quejo –respondió Travis sonriendo.

–¿Estáis preparados para que anuncien quién gana la presidencia en el baile de Navidad? –preguntó David

–Todo lo preparados que podemos estar –le contestó Brad sonriendo.

Travis asintió.

–Buena suerte a los dos.

–Gracias –respondió Abby.

Estupendo. Aquello era justo lo que necesitaba. Al final del día, todo el club sabría que Brad y ella habían comido juntos.

–¿Qué pasa? –le preguntó este con el ceño fruncido.

Abby suspiró. Había veces en las que los hombres no se daban cuenta de nada.

–Por si no te has dado cuenta, todo el mundo va a hablar de nosotros de aquí al día del baile.

–¿Eso es todo? –insistió él riendo–. Dudo que la gente hable de nosotros solo porque comamos juntos.

–¿Estás de broma? –dijo ella, mirándolo con incredulidad–. Todo el mundo sabe que ni siquiera querías que me aceptasen como miembro del club.

Brad se puso serio.

–No puedo negar que prefería que el club se quedase como estaba, pero eso no significa no haya aceptado la decisión de la mayoría –le explicó, luego alargó la mano para tocar la suya–. Relájate, cariño. Si alguien pregunta, solo somos dos miembros del club que estamos comiendo juntos. A lo mejor piensan que estamos intentando acercar las posturas de la vieja guardia y de los nuevos miembros.

Abby tuvo que admitir que aquello tenía sentido, pero era difícil concentrarse cuando la tocaba.

–Supongo que tienes razón –le dijo por fin–, pero odio que hablen de mí. Ya fui el centro de todos los cotilleos en una ocasión y no quiero que se repita.

Vio a Brad fruncir el ceño y supo que este no tenía ni idea de a qué se refería.

–No recuerdo que hayas hecho nunca nada para que la gente hable de ti.

–Es que no lo he hecho, pero no puedo decir lo mismo de mi padre.

Habían pasado dieciséis años, pero Abby lo recordaba muy bien.

–¿Te refieres a cuando tu padre os dejó a tu madre y a ti? –le preguntó en tono amable.

Ella asintió.

–La gente dejaba de hablar cuando yo llegaba a un lugar, o me miraban y susurraban. Fue horrible.

–Eso lo entiendo –le contestó él, apretándole la mano–, pero la mejor manera de luchar contra eso es actuando como si no ocurriese nada.

Se quedó pensativo unos segundos y luego añadió.

–Yo creo que como muestra de solidaridad, deberíamos asistir juntos al baile de Navidad.

Ella lo miró fijamente y después se echó a reír.

–¿Te has vuelto loco?

–Es probable, pero yo creo que así todos los miembros se darían cuenta de que no tenemos nada que ocultar y que, gane quien gane la presidencia, estamos dispuestos a trabajar juntos –argumentó–. La gente va a hablar de todas maneras, así es la vida, cariño, pero si actuamos como si no pasase nada raro, pronto perderán el interés en nosotros.

–Estás hablando en serio –comentó ella con incredulidad.

–Sí –le respondió él, soltándole la mano para tomar la carta–. Yo voy a tomar el chile. ¿Y tú?

–Yo… supongo que la ensalada del chef –dijo Abby, sin poder quitarse de la cabeza la idea de ir juntos al baile.

Mientras Brad le decía a la camarera lo que iban a comer, Abby pensó que no le faltaba razón. Si iban juntos al baile, todos los miembros del club verían que asumiese quien asumiese la presidencia del club iban a dejar atrás su rivalidad para trabajar juntos.

–Supongo que podríamos vernos allí y sentarnos en la misma mesa –comentó después de que la camarera se hubiese marchado.

–De eso nada, te pasaré a recoger e iremos juntos.

–No creo que eso sea...

–Le estás dando demasiadas vueltas al tema, Abby –la interrumpió él–. De todos modos, seguro que nos sientan a la misma mesa, así que el mensaje no sería lo suficientemente contundente. Dime a qué hora quieres que pase a por ti.

Abby pensó que Brad volvía a tener razón.

–Lo pensaré –le contestó, evitando responder a su pregunta de manera definitiva.

Tenía más o menos una semana antes del baile. Seguro que se le ocurría una razón convincente por la que debían ir al baile por separado.

La camarera llegó con su comida y luego se marchó, y Brad sonrió.

–Bueno, ahora que ya tenemos eso arreglado, creo que debemos comer e ir de compras cuanto antes. Le he prometido a Sadie que no me entretendría mucho –comentó riendo–. Cuando volvamos seguro que está tirándose de los pelos, de tener que cuidar a tres niños de menos de tres años.

Abby pensó que a ella le habría encantado cuidar de las pequeñas.

–Tendrás que dejar que tu hermana descanse también cuidando tú de sus hijas alguna vez –le contestó sonriendo.

Y luego rio al ver la expresión de horror que ponía Brad.

–Yo diría que sería un desastre seguro. Hay ocasiones en las que todavía no estoy seguro de lo que tengo que hacer con Sunnie. Así que no me imagino con dos niñas más –dijo este, frunciendo el ceño–. Estoy seguro de que necesitaría ayuda.

Abby empezó a comerse la ensalada.

–Tal vez tu ama de llaves se preste voluntaria cuando vuelva de Dallas.

Él negó con la cabeza.

–Para empezar, Juanita nunca se presenta voluntaria para nada. Y para seguir, dudo que haya suficiente dinero en todo el estado de Texas para convencerla de que cuide a tres niños a la vez –le respondió, dando después un sorbo a su té con hielo–. A ti se te dan bien los niños. Podrías ayudarme.

–Yo no he dicho nada de…

–¿No te ves capaz, Langley? –le preguntó Brad, clavando sus ojos castaños en los de ella.

El reto visual hizo que Abby se pusiese a la defensiva.

–Estoy segura de que sería mucho más capaz que tú.

–¿Por qué no lo probamos? –le sugirió él–. Cuando recojamos a Sunnie, le diré a Sadie que vamos a quedarnos con sus hijas para que Rick y ella puedan salir mañana.

Abby abrió la boca para decirle que no le parecía buena idea, pero entre que Brad la estaba retando y la tentación de pasar tiempo con las preciosas gemelas y la adorable Sunnie, que le había robado el corazón nada más verla, no se pudo resistir.

Además, últimamente los fines de semana le resultaban interminables, y cuidar de las niñas la entretendría durante los días más aburridos de la semana.

–De acuerdo –respondió sonriendo–. Acepto el reto. Ya veremos quién se tira primero de los pelos.

Él la miró con malicia.

–Vamos a hacerlo todavía más interesante.

–¿Qué… se te ha ocurrido? –le preguntó Abby con cautela.

–Al final de la noche, el que se queje primero de que está cansado o bostece invitará a una cena al otro –propuso Brad, tan seguro de sí mismo que a Abby le entraron ganas de echarse a reír.

–Supongo que te das cuenta de que vas a perder, ¿no?

–Yo no estaría tan seguro, Langley –respondió él con firmeza–. Ya veremos quién aguanta más.

–Sí, ya lo veremos.

Abby no podía evitar ser de naturaleza competitiva y tener que aceptar los retos, así que el juego había empezado. Iba a disfrutar mucho, viendo al indomable señor Price tragarse su orgullo cuando se diese cuenta de que ella nunca se cansaba de estar con niños.

Tres horas después de haber llevado a Abby a su casa y de haber recogido a Sunnie de casa de su hermana, Brad empezó a sacar la montaña de adornos de Navidad de la montaña de bolsas que había en el suelo del salón. En concreto, estaba buscando la bolsa en la que habían metido el muérdago.

–Tiene que estar por aquí –murmuró.

Cuando por fin encontró la bolsa de plástico en la que había muérdago suficiente para decorar todo Royal, sonrió. Tenía pensado haber puesto la parte más importante de la decoración cuando Abby fue esa noche.

Fue a ver a la niña para asegurarse de que seguía durmiendo la siesta, buscó una caja de chinchetas en el escritorio de su despacho y se puso manos a la obra. Veinte minutos después, justo cuando acababa de colgar el último trozo de muérdago, sonó el timbre.

–Justo a tiempo –dijo mientras abría la puerta.

–¿A tiempo de qué? –preguntó Abby con el ceño fruncido.

–Entra y te lo enseñaré –le respondió él, agarrándola del brazo y colocándola en medio de la entrada–. Mira hacia arriba, cariño.

Abby levantó la vista y sacudió la cabeza.

–¿Has decidido empezar poniendo el muérdago, en vez del árbol de Navidad?

Él la abrazó y le dio un beso en la barbilla.

–Es lo más importante de toda la decoración.

–¿De verdad? ¿Quién lo ha dicho? –le preguntó ella, intentando poner algo de espacio entre ambos.

–Yo –respondió Brad, dándole un ligero beso en los labios y comprobando que Abby no se apartaba–. Es la tradición más antigua. Data de hace unos doscientos años o más, así que tiene que ser importante.

–¿Y desde cuándo te lo parece a ti? –le preguntó Abby casi sin aliento.

–Creo que la primera vez que me di cuenta de la importancia del muérdago fue hace una semana, en el club –le dijo Brad, acercándola un poco más–. Cuando te besé.

Brad vio cómo Abby se humedecía los labios con nerviosismo.

–No es buena idea, Brad.

–¿Por qué? –le preguntó él, que estaba muy a gusto teniendo su cuerpo esbelto entre los brazos–. Me gusta besarte y a ti te gusta que te bese. ¿Qué hay de malo en ello?

–Yo… –empezó Abby, mordiéndose el labio inferior como si le costase trabajo expresarse–. No puedo ser lo que tú quieres que sea.

Brad se dio cuenta de que no había negado que le gustasen sus besos y alargó la mano para apartarle un mechón de pelo de la suave mejilla.

–¿Qué piensas que es esto, Abby?

–No estoy segura –admitió ella, respirando hondo–, pero sé que no puede ser. Yo no puedo ser una de tus aventuras. No soy así.

–Lo sé, cariño –le dijo él, acariciándole el pelo y abrazándola todavía más–. Y solo quiero que sigas siendo la persona que has sido siempre: Abby Langley, la mujer que más me ha puesto a prueba para conseguir sacar lo mejor de mí y que recientemente se ha convertido en una buena amiga.

Antes de que a Abby le diese tiempo a especular acerca de qué más quería de ella, Brad inclinó la cabeza y la besó. No quería pensar en qué iba a ser de aquella amistad, ni por qué besarla se estaba convirtiendo en una obsesión para él. Tenía la sensación de que no iba a sentirse cómodo con la respuesta.

En cuanto sus labios se tocaron, sintió calor por todo el cuerpo. Sin pensárselo dos veces, Brad profundizó el beso y volvió a perderse una vez más en la dulzura de Abby, que era única. La agarró de las manos y se las puso en sus hombros para poder así acariciarle los pechos. Notó cómo estos se endurecían y su cuerpo respondió también.

Deseaba más que nada en mundo tener la piel suave de Abby pegada a la suya, oírla suspirar de placer mientras la penetraba, pero además de tener la barrera de la ropa entre ambos, sabía que ella todavía no estaba preparada para dar aquel paso. Y él nunca había sido de los que insistían para conseguir más de lo que una mujer quería dar. Además, ni siquiera estaba seguro de querer dar ese paso él.

Justo en el momento adecuado, Sunnie se despertó para pedir un biberón y la oyeron a través del intercomunicador, así que Brad tuvo que romper el beso.

Muy a su pesar, levantó la cabeza para mirar a Abby a los ojos azules.

–¿Por qué no vas tú a buscarla para que no se ponga a llorar mientras yo le preparo el biberón?

Abby lo miró fijamente durante varios segundos antes de asentir y subir al piso a arriba, pero él se quedó clavado en el suelo. Se estaba volviendo loco, viéndola alejarse, balanceando las caderas enfundadas en aquellos vaqueros.

Cuando por fin desapareció, se obligó a moverse.

Lo tenía claro. Abby y él terminarían dando el siguiente paso y se convertirían en amantes.

Solo esperaba no perder la cordura antes de que eso ocurriese.

Capítulo Siete

Mientras sujetaba a Sunnie con un brazo, Abby señaló las luces que Brad acababa de poner en el árbol.

–Si pones esas allí, dejarás un hueco sin luces al otro lado.

–Creo que debería haber comprado otra guirnalda más –le dijo él, moviendo las luces tal y como Abby le estaba indicando.

Cuando terminó, esta le dijo sonriendo:

–Después de tanto refunfuñar, yo creo que ha quedado bien. Ahora hay que empezar a poner los adornos.

–¿No me vas a ayudar con eso? –le preguntó él, tomando una caja con bolas de color platea-do–. Fue idea tuya que comprase un árbol tan grande. Lo mínimo que podrías hacer es disfrutar con tanta diversión.

Abby se dio cuenta del tono sarcástico de su voz.

Prefería dirigir el proyecto y tener a Sunnie en brazos.

–Ya me estoy divirtiendo mucho con esta pre-ciosidad en brazos –le contestó, mirando a la niña–. Está fascinada con tanta actividad.

Brad pasó por encima de un montón de guirnaldas para acercarse y hacerle cosquillas en la tripa a su sobrina.

–Estamos haciendo todo esto por ti, bonita. Espero que te guste.

La niña dio un grito de contenta y le agarró la mano.

Abby pensó que era evidente que Sunnie lo adoraba y se le encogió el corazón al saber que ella nunca viviría una experiencia igual.

–Creo que voy a dejar a Sunnie en la hamaca y voy a ir a preparar un par de tazas de chocolate caliente mientras tú terminas con el árbol –le dijo, dándose cuenta de que necesitaba estar un par de minutos sola.

–Me parece bien –le contestó Brad–. Quiero acabar con esto para poder relajarme un poco antes de acostar a Sunnie.

Abby dejó a la niña y fue a la cocina de Brad. Allí, se apoyó en la encimera, cerró los ojos e hizo un esfuerzo por contener las emociones que estaban creciendo en su interior, a punto de desbordarla.

La vida que quería, la vida con la que siempre había soñado desde que tenía uso de razón, estaba en la habitación de al lado, pero no era suya. Ella era solo una invitada a la que Brad le había pedido ayuda para las que iban a ser sus primeras navidades con la niña. Era una extraña que estaba viendo lo que más deseaba en la vida, pero que no podía tener.

Respiró hondo, se limpió una lágrima del rostro y se obligó a ponerse en marcha.

Compadecerse de sí misma era contraproducente y una pérdida de tiempo y de energía. Jamás formaría una familia y lo mejor era que se hiciese a la idea cuanto antes.

Se tranquilizó mientras preparaba el chocolate y decidió que se marcharía de allí lo antes posible.

No tenía ningún sentido torturarse. Sunnie no era su hija y Brad, con sus apasionados besos y su encanto, podía llegar a ser una adicción para la que sospechaba que no había cura. Así que tenía que evitarlo a toda costa.

Por su propio bien, tenía que alejarse de allí y dejar que Brad y su sobrina formasen su pequeña familia sin ella. Si no lo hacía, podía llegar a tomarle cariño a ambos y terminar con el corazón roto.

Y no iba a permitir que eso ocurriese. Su supervivencia dependía de ello.

Cuando volvió a salón con las tazas de chocolate caliente, Abby ya se sentía más calmada y dispuesta a alejarse de la tentación.

–¿Dónde está Sunnie? –preguntó, al no verla en su hamaca.

–La he subido a la cuna –respondió Brad, tomando una de las tazas–. Supongo que entre el balanceo de la hamaca y el ir y venir de las luces del árbol se ha quedado dormida.

–Pues tengo que admitir que, te guste o no,

has hecho un buen trabajo. Ha quedado todo muy bonito.

–Gracias –le contestó Brad, quitándole la taza de la mano para dejar las dos en la mesa y poder abrazarla–. No lo habría conseguido sin tu ayuda, cariño.

A Abby se le aceleró el corazón y en un momento se había olvidado de todas sus buenas intenciones.

Tal vez hubiese sido capaz de mantenerse fuerte si Brad no la hubiese tocado, pero el roce de sus brazos y la caricia de su profunda voz de barítono le hicieron olvidar lo importante que era poner distancia entre ambos.

–Seguro que te las habrías arreglado –le respondió, intentando encontrar la fuerza necesaria para apartarse de él.

–Es probable, pero no habría sido tan divertido –le susurró Brad al oído.

Abby sintió un escalofrío de pies a cabeza y tuvo que recordarse a sí misma que debía respirar.

–¿Te has divertido protestando al poner las luces del árbol?

Él rio.

–Te voy a contar un secreto. A veces protesto por cosas que, en realidad, no me importa hacer.

Abby notó que se le doblaban las piernas y se agarró a la cintura de Brad para no caerse.

–¿Por qué?

–Es una cosa de hombres –le respondió él, frotando la mejilla contra la suya–. Es lo que se espera que hagamos.

Abby no pudo evitar cerrar los ojos y disfrutar del roce.

–¿Y qué más se espera de vosotros?

–Esto –le respondió él, dándole un beso en los labios.

Luego le mordisqueó los labios sin besárselos y Abby notó cómo iba creciendo la tensión en su interior. Deseaba que Brad profundizase el beso y le demostrase lo mucho que la deseaba.

–¿Quieres que te bese, Abby? –le preguntó él.

Abby supo que debía decirle que no, pero no pudo.

–Sí.

Cuando por fin devoró sus labios y luego se los separó para profundizar el beso con la lengua, Abby se sintió como si la tierra se estuviese moviendo. Nunca había sentido una tensión sexual semejante ni había estado tan desesperada.

Se olvidó de todos los motivos por los que debía apartarse de los brazos de Brad y volver a refugiarse en su rancho y se apretó sin reparos contra él mientras le sacaba la camiseta de la cinturilla de los pantalones vaqueros. Ya tendría tiempo más tarde para arrepentirse de semejante temeridad. En esos momentos lo único que podía y que quería hacer era sentir. Quería volver a sentirse valorada. Necesitaba sentirse deseada. Y ansiaba notar el cuerpo duro de Brad dentro del suyo.

–No puedo creer… que te esté diciendo esto… cariño –le dijo él sin aliento, tomándole las manos–, pero… tenemos que ir más… despacio.

Abby tardó un momento en asimilar sus palabras. Cuando lo hizo, le sentó como un jarro de agua fría.

¿Qué había hecho? ¿Cómo había podido perder el control, si ella era una persona que siempre se controlaba?

Se sintió humillada y no supo qué decir para poder explicarse, así que guardó silencio. Se apartó de Brad y, sin mirarlo, fue corriendo hacia el armario del pasillo. Necesitaba volver a casa, meterse en la cama y rezar para que, al día siguiente, al despertar, todo hubiese sido una pesadilla.

–Abby, ¿adónde crees que vas? –le preguntó él, siguiéndola.

Cuando la agarró por los hombros con sus manos grandes y la hizo girarse, Abby se esforzó en clavar la vista en el cuello de su camiseta.

–A casa –balbució–. Necesito marcharme a casa.

–¿Por qué?

Intentó alejarse de él.

–Porque tengo que irme.

–No, de eso nada –le respondió Brad, sujetándola con firmeza para que no se apartase, pero sin hacerle daño–. Tienes que quedarte aquí y hablar conmigo. ¿Acaso tienes idea de por qué he dejado de besarte?

Ella se preguntó por qué no la dejaba en paz. ¿Por qué no dejaba que al menos se marchase de allí con un poco de dignidad?

—No creo que sea necesario que me lo expliques con palabras —respondió ella, sacudiendo la cabeza.

Seguía sin mirarlo a los ojos y no estaba segura de poder hacerlo. La respetable e independiente Abigail Langley jamás, en toda su vida, había perdido el control con un hombre, ni siquiera con su difunto marido.

—Mírame, Abby —le ordenó él.

Como seguía mirándolo al cuello, Brad le puso un dedo debajo de la barbilla y la obligó a levantar la cabeza para que lo mirase a los ojos.

—El motivo por el que he parado no es que no te desee. En estos momentos, te deseo más que a nada en este mundo y me encantaría llevarte a mi habitación y pasar toda la noche haciéndote el amor, pero todavía no estás preparado —le explicó, dándole un beso tan tierno que Abby tuvo que contener las lágrimas—. Cuando hagamos el amor, lo vamos a hacer muy despacio y, a la mañana siguiente, no nos vamos a arrepentir.

A Abby le dio un vuelco el corazón al oír aquello.

¿Qué se suponía que debía decir? ¿Qué podía decir?

Darle las gracias por haber evitado que hiciese el ridículo o por haberle dicho que pretendía hacerle el amor como nunca antes se lo habían hecho habría sido inapropiado y extremadamente humillante.

–De verdad, Brad, tengo que irme –consiguió decir.

Él le dio un beso en la frente y la abrazó.

–Te veré mañana por la noche, cariño.

–No pienso…

–Shh, Abby –la acalló, poniéndole un dedo en los labios y dedicándole una sonrisa que la hizo derretirse por dentro–. Tendremos a tres niños que cuidar.

A Abby se le había olvidado que habían quedado en cuidar a las gemelas de Rick y Sadie y no fue capaz de dejar a Brad solo con las tres niñas. Su consciencia no le permitiría dejarle al cuidado de tres pequeñas cuando todavía se estaba acostumbrando a estar con una. Además, su mejor amiga necesitaba pasar tiempo con su marido.

Resignada, asintió.

–Hasta mañana.

–Estoy deseando que llegue –admitió Brad, dedicándole otra arrebatadora sonrisa.

Abby se puso la chaqueta, fue hasta la puerta y se marchó.

No merecía la pena intentar explicarle que, cuanto más tiempo pasasen juntos, más peligrosa sería la situación.

De todos modos, Brad no la escucharía. Además, ella necesitaba analizar su propio comportamiento. Necesitaba averiguar por qué se había dejado llevar así con Brad cuando ni siquiera lo había conseguido con Richard.

Cuando tuviese la respuesta, volvería a reforzar sus defensas para que no volviese a ocurrir. Si no lo conseguía, existía la posibilidad de que terminase enamorándose de Brad.

Y entonces el ridículo sería mucho mayor que el de esa noche.

Capítulo Ocho

–Me he tomado la libertad de pedir para las dos –le dijo Sadie a Abby cuando esta llegó a la mesa en la que se había sentado su amiga en el Royal Diner.

–Siento llegar tarde –se disculpó esta, sentándose también–. Después de hablar contigo y de quedar a comer, me ha llamado mi capataz para que fuese a los establos porque una de las yeguas se había puesto de parto durante la noche. No ha parido hasta hace más o menos una hora.

–Espero que todo haya ido bien –le dijo Sadie sonriendo.

Esperó a que la camarera les sirviese para preguntar:

–¿Ha sido macho o hembra?

–Hembra –respondió Sadie contenta–. Ya le había elegido el nombre, y no le habría pegado nada si hubiese sido un potro.

Su amiga se echó a reír.

–Bueno, pues no me tengas en vilo. ¿Cómo la has llamado?

–Sunnie's Moonlight Dancer –le respondió Abby–, pero en el rancho la llamaremos solo Dancer.

–¿Le has puesto el nombre del bebé? –preguntó Sadie sorprendida, dejando en la mesa el vaso de té con hielo del que había estado a punto de beber.

–Me parecía bonito –contestó Abby, poniéndose la servilleta en el regazo–. Además, cuando Sunnie sea lo suficiente mayor, se la regalaré.

Dio por hecho que la niña montaría a caballo porque en Royal todo el mundo tenía un caballo o sabía montar.

–Muy bonito –admitió Sadie pensativa–. ¿Te has enamorado de mi hermano y de mi sobrina, verdad?

A Abby se le detuvo el corazón unos instantes y sintió pánico. No podía negar haberse encariñado de la niña, pero ¿y de Brad? ¿Era por eso por lo que siempre cedía cuando él insistía en que necesitaba su ayuda? ¿Podía ser ese el motivo por el que perdía el control y era incapaz de resistirse cuando la abrazaba o la besaba?

No, no podía ser.

No podía volver a enamorarse. Era demasiado arriesgado. Sería demasiado doloroso perder a Brad y a Sunnie como había perdido a Richard, o al bebé que había intentado adoptar.

–No. Quiero decir, que adoro a Sunnie. ¿Quién no? Pero, ¿Brad? No, por supuesto que no.

Sabía que estaba farfullando, pero no podía evitarlo.

–Es agradable, pero… no. No lo quiero. Solo somos amigos –continuó.

–Ya, claro –le dijo Sadie.

Abby supo que su amiga no la creía.

–De verdad que no. Me gusta Brad, pero solo somos amigos.

Sadie asintió.

–Por eso últimamente sois inseparables.

–Solo le estoy ayudando a preparar las primeras navidades de Sunnie –dijo Abby, defendiéndose.

Sabía que estaba empezando a sonar como un disco rayado, pero no se le ocurría otra excusa que fuese creíble.

–A mí no me tienes que dar explicaciones, Abby –le dijo Sadie sonriendo de manera comprensiva–. No te estoy condenando. Yo también estuve muy nerviosa la época en la que Rick y yo estábamos intentando arreglar las cosas.

–Y me alegro mucho por vosotros de que saliese bien –admitió Abby–, pero de verdad que no hay nada entre…

–Ahórratelo –la interrumpió Sadie riendo–. Ya he oído eso antes. No hace falta que me lo repitas.

Luego, se puso seria.

–No te he llamado para quedar a comer para interrogarte acerca de tus sentimientos por mi hermano.

–Entonces, ¿por qué me has llamado? –le preguntó Abby con curiosidad.

Normalmente, cuando quedaban a comer, lo hacían siempre con bastante antelación para que a Sadie le diese tiempo a encontrar a alguien para dejar a las niñas.

–La verdad es que hay un par de cosas… –contestó Sadie, dándole un sorbo a su té–. He tomado algunas decisiones acerca del centro cultural y quería contártelas.

Mucho más cómoda con ese tema de conversación, Abby tomó su tenedor.

–¿Qué has decidido?

–Que quiero que sea un lugar en el que las familias no solo expongan a sus hijos al arte, sino que también reciban todo lo que necesitan en tiempos de crisis –empezó Sadie, pensativa–. Estamos pasando por una época muy difícil para muchas personas, y quiero que el centro cultural sea un lugar al que acudan cuando les falte algo. Donde se les pueda ayudar con las facturas, o con el alquiler.

–Me parece una idea estupenda. Ya me dirás cómo puedo ayudarte –le dijo Abby, empezando a comerse la ensalada–. ¿Dónde tienes pensado ponerlo? ¿Todavía tienes la esperanza de que el club done el edificio antiguo y decida construir uno nuevo, o vas a intentar encontrar un terreno?

–La verdad es que espero que el club done el local –admitió Sadie con la mirada perdida, como si estuviese imaginando las posibilidades que tenía el edificio–. Tiene todo lo que necesito… Sitio para los despachos, un salón que podría convertirse en auditorio para conciertos y exposiciones, además del gimnasio. No obstante, si al final no puedo contar con él, pensaré en construir.

Abby asintió con entusiasmo.

–Yo espero que te den el club. Creo que sería lo ideal.

Luego ambas guardaron silencio hasta que Abby preguntó:

–¿De qué más querías hablarme?

Sadie tardó unos segundos en decidirse.

–Algunos miembros del club han estado hablando –empezó–. Rick me ha contado que varios le han preguntado qué hay entre Brad y tú, por qué pasáis tanto tiempo juntos.

Abby pensó que ya le había advertido a Brad que iba a ocurrir el día anterior, cuando habían comido juntos.

–¿Y qué les ha dicho Rick? –preguntó, frotándose la sien al notar que le estaba empezando a doler la cabeza.

–Ya sabes cómo es Rick. Les ha contestado, con educación, pero con firmeza, que si se preocupasen de lo suyo no tendrían tiempo para preocuparse de lo de los demás –le contó Sadie sonriendo–. De hecho, creo que fue incluso algo más directo con ellos, pero más o menos fue eso lo que les dijo.

Abby apartó el plato. De repente, ya no tenía apetito.

–Le agradezco que los pusiese en su sitio, pero odio que la gente hable de mí.

–Ya, sé cómo te sientes –le dijo Sadie–. No sé si te acuerdas de que hace solo cinco meses todo el mundo hablaba de Rick y de mí.

–Eso es lo que más echo de menos de vivir en Seattle –comentó Abby suspirando–. Allí a nadie le importa de quién eres amigo ni lo que haces.

–Es una de las desventajas de vivir en una ciudad pequeña, eso es evidente –dijo Sadie–, pero he pensado que querrías saberlo.

–Gracias –le respondió Abby, aunque no sabía si no habría preferido no enterarse.

–También quería preguntarte algo –añadió Sadie, dejando la servilleta encima de la mesa–. ¿Estáis Brad y tú seguros de que queréis quedaros con las niñas esta noche?

–Por supuesto –respondió ella.

Sabía que se iba a sentir incómoda con Brad después de lo ocurrido la noche anterior, pero no podía decepcionar a su amiga.

–Estoy deseándolo. Ya sabes lo mucho que quiero a tus hijas.

Sadie la miró aliviada.

–Gracias. La verdad es que necesito pasar tiempo de calidad con mi marido. A solas.

–No me extraña –le dijo Abby–. Tengo que confesarte que Brad y yo hemos hecho una apuesta, a ver quién se cansa antes… él o yo.

–Pues ya has visto a las niñas en acción. Yo creo que vais a estar los dos sin parar hasta que pasemos a recogerlas –comentó Sadie sonriendo–. Por cierto, ¿qué os habéis apostado?

–El que pierda le tendrá que hacer la cena al otro –le contó Abby riendo–. Y te aseguro que pretendo ganar.

–Por supuesto que sí –dijo Sadie, mirándose el reloj.

Dejó un par de billetes encima de la mesa y luego recogió su bolso y su chaqueta.

–Me tengo que ir corriendo. Esta mañana, uno de mis vecinos se ha despertado y ha descubierto que tenía el jardín lleno de flamencos rosas. Como tenía que irse de viaje de trabajo a Houston, me ha pedido que lleve su donación a la casa de acogida para que se lleven a los flamencos lo antes posible.

–Yo esta vez no tengo la culpa –dijo Abby riendo–. He ayudado a llevarlos a casa de alguien varias veces, pero no tengo ni idea de quién hay en la lista.

Sadie se encogió de hombros.

–No pasa nada. Es por una buena causa, así que cuanto antes lleve la donación del señor Higgins a la casa de acogida, antes podrán llevárselos a otro sitio y podrán recaudar más dinero.

–Supongo que a mí me los traerán cualquiera de estos días –dijo Abby, poniéndose en pie.

–Rick y yo llevaremos a las niñas a casa de Brad sobre las siete –le contó Sadie, dirigiéndose al final de la barra a pagar.

–De acuerdo.

Ambas pagaron la comida y luego salieron de la cafetería.

–Aunque pensé que íbamos a cuidarlas en vuestra casa.

Su amiga negó con la cabeza.

–Es probable que las gemelas sigan despiertas cuando volvamos, pero estoy segura de que Sunnie ya estará dormida, así que he pensado que sería mejor que se quedase en casa para poder meterla en su cuna.

–Supongo que tienes razón –le dijo Abby, dándole un abrazo–. Nos vemos esta noche en casa de Brad.

De camino a su rancho, Abby no pudo evitar pensar en lo que su amiga le había dicho. Lo último que quería era que todos los miembros del club hablasen de ella. Algunos de los más antiguos se habían sentido indignados cuando la habían admitido, aunque en esos momentos las cosas estaban más tranquilas. Ya habían votado y solo tenían que esperar a que se anunciase el resultado.

Tendría que hablar del tema con Brad y decirle que no le parecía buena idea que fuesen juntos al baile. De todos modos, había estado buscando una excusa para no hacerlo y aquella era tan buena como cualquier otra. No podía presentarse allí con él, ya que lo único que conseguirían sería que los rumores aumentasen.

Abby suspiró. No iba a ser tarea fácil. Si había aprendido algo en las últimas semanas era que Bradford Price estaba decidido a salirse con la suya.

***

Abby sonrió y se sentó en la mecedora a darle un biberón a Sunnie mientras Brad interactuaba con sus sobrinas, Wendy y Gail. Había jugado a que era un caballo y había estado dándoles paseos por el salón, las había ayudado a construir torres con los bloques de construcción para que después las niñas los tirasen y había jugado a las comiditas con ellas.

En esos momentos, estaba sentado en el sofá con cada una a un lado, viendo una película de Walt Disney que Sadie les había llevado.

Era evidente que Wendy y Gail adoraban a su tío y el sentimiento era mutuo. Cada vez que alguna de la niña señalaba la televisión y hacía algún comentario, Brad la miraba como si le estuviese contando algo importantísimo. Iba a ser un padre maravilloso para Sunnie, y para cualquier otro hijo que tuviese.

A Abby se le encogió el pecho de la emoción al pensar que ella no formaría parte de aquello. No pasaría las noches viendo películas de dibujos animados, ni se sentaría en una mecedora a dormir a un bebé… ni estaría con Brad.

Se le cortó la respiración. ¿Cómo había podido pensar eso?

—Abby, cariño, ¿estás bien? —le preguntó él, interrumpiendo sus pensamientos.

Ella lo miró y asintió.

–Por supuesto. ¿Por qué me lo preguntas?

–Porque te veo ausente –le respondió él sonriendo–. ¿No irás a perder la apuesta ya, verdad?

Abby se echó a reír.

–Ni lo sueñes.

–Te he preguntado si piensas que es hora de que les pongamos los pijamas a las gemelas y les demos algo de comer –añadió él sin dejar de sonreír mientras las niñas bostezaban–. Si siguen viendo cantar a las tazas y al candelabro francés, se van a quedar dormidas aquí.

–¿Quieres que las cambie yo o crees que te las vas a poder arreglar solo? –le preguntó.

Abby sonrió al darse cuenta de que ambos intentaban evitar mencionar las palabras dormir y cama. Los dos habían visto cómo hacía Sadie para acostarlas y sabían que las niñas se alborotaban si las oían.

Brad se encogió de hombros.

–Me da igual. ¿Sunnie se ha dormido?

Abby asintió y se puso en pie.

–Voy a llevarla arriba, a su cuna. Cuando baje, les pondré el pijama a Wendy y a Gail mientras tú les preparas lo que Sadie les ha traído.

Brad estiró los brazos a lo largo del respaldo del sofá.

–Buena idea

–Te veo un poco cansado –comentó Abby sonriendo.

–No te preocupes –respondió él riendo–. Pretendo ganarte la apuesta.

–Siga usted soñando, señor Price –respondió ella antes de salir del salón.

Veinte minutos después, las gemelas estaban en pijama y se estaban terminando el vaso de leche con galletas en forma de pez cuando llamaron a la puerta.

–No pensé que iban a volver tan pronto –comentó Abby.

–Sadie me dijo que solo iban a ir a cenar –le contó Brad–. Supongo que les apetecía hacerlo tranquilos por una vez, sin que haya comida saltando por los aires.

–Supongo que a ti te pasará lo mismo muy pronto con Sunnie, ya verás que divertido –dijo ella sonriendo.

–Y yo que pensé que las guerras de comida se habían terminado con la universidad –añadió Brad de camino a la puerta–. Tendré que llamar a Zeke y a Chris para que vengan a divertirse. Les encantaba lo de lanzarse comida.

–Yo en tu lugar no lo haría, a no ser que quieras deshacerte de tu ama de llaves –le advirtió Abby.

Media hora después, tras despedirse de Sadie, Rick y las gemelas, Abby se quedó a solas con Brad por primera vez desde el humillante incidente de la noche anterior. Por suerte, no había sacado el tema y ella se lo agradecía, pero había llegado el momento de hablar de otro asunto también incómodo.

–Tenemos que hablar de otra cosa –le dijo,

asegurándose de que no estaba debajo del muérdago.

Sabiendo la afición que Brad le había tomado a aquella tradición navideña, seguro que insistía en besarla otra vez, y Abby necesitaba estar centrada.

Él la miró fijamente durante varios segundos, como si quisiese adivinar lo que iba a decirle.

–Si es de lo que pasó cuando te besé…

–No, no es eso –lo interrumpió ella–. Bueno, no exactamente.

–De acuerdo –dijo Brad, poniéndole la mano en la espalda para conducirla hacia la cocina–. Prepararé un café.

Ella negó con la cabeza y se detuvo en medio de la entrada.

–Gracias, pero no voy a quedarme tanto tiempo –anunció, respirando hondo–. No voy a ir contigo al baile de Navidad.

Brad frunció el ceño.

–¿Por qué no?

–Porque, al parecer, varios miembros del club han ido diciendo por ahí que pasamos demasiado tiempo juntos –le contó–. No me gusta y quiero cortarlo cuanto antes. Si fuésemos juntos al baile alimentaríamos los rumores.

–Me da igual lo que diga la gente y a ti tampoco debería importarte –respondió Brad con firmeza–. Para empezar, no es asunto suyo. Y para seguir, si no vamos juntos, los rumores también aumentarán.

–¿Por qué dices eso? –le preguntó Abby.

En ocasiones, le costaba seguir su razonamiento.

–Piénsalo bien. Si la gente está hablando de que estamos mucho juntos y, de repente, nos ven a cada uno por un lado, empezará a especular –le explicó, tomándole el rostro con ambas manos–. ¿No te das cuenta, Abby? La gente va a hablar hagamos lo que hagamos. Es algo que no podemos controlar.

–Por desgracia –intervino ella, sintiéndose atrapada.

–Pero hay una manera de hacer frente a esa situación –continuó Brad, mirándola a los ojos–. No tenemos nada que ocultar. Podemos ir juntos al baile con las cabezas bien altas y demostrarles que no nos importa lo que digan, que hacemos lo que nos da la gana.

Así dicho, tenía sentido, pero Abby iba a seguir sintiéndose incómoda con toda aquella situación.

Asintió.

–Supongo que tienes razón.

–Claro que la tengo, cariño.

Brad inclinó la cabeza para besarla y, tal y como Abby se había temido, no tuvo fuerzas para resistirse a él. Se había dicho a sí misma que no volvería a permitir que la besase, que no volvería a hacer el ridículo, pero lo cierto era que quería que la besase, quería sentir su cuerpo apretado contra el de ella. Fuese sensato o no, lo deseaba.

Tendría que haber salido corriendo al darse cuenta de aquello, pero, en su lugar, le puso las manos en los hombros y le metió los dedos por el pelo, mientras se rendía a las sensaciones que le provocaba aquel beso.

Cuando Brad le metió la mano debajo de la blusa, el roce de su mano grande y caliente acariciándole la cintura, y luego subiendo por sus costillas, le causó un delicioso calor que le recorrió todo el cuerpo, pero cuando profundizó el beso a la vez que le acariciaba un pecho, a Abby se le doblaron las rodillas. Se apretó contra él y notó la prueba de su deseo, lo que hizo que su cuerpo respondiese mucho más.

Abby siguió notando cómo Brad la acariciaba a través del sujetador, siguió notando su erección pegada al bajo vientre y pronto deseó quitar la barrera de la ropa.

Deseó sentir sus fuertes músculos en la piel, necesitó acariciarlo y explorar su cuerpo y que él explorase el suyo.

Perdida en la pasión del momento, gimió cuando Brad dejó de besarla y sacó la mano de debajo de su blusa. Él apoyó la frente contra la suya y respiró hondo varias veces.

–Sé que voy a arrepentirme, pero creo que deberías marcharte a casa, a dormir –le dijo con voz ronca mientras la soltaba para ir a buscar su abrigo al armario del pasillo–. Debes de estar tan cansada como yo.

Ella se puso el abrigo y empezó a relajarse

poco a poco. Fue hacia la puerta y entonces asimiló las palabras de Brad. Se giró y sonrió.

–¿Estás cansado?

–¿Tú no?

–Un poco –le respondió, saliendo al porche–, pero tú lo has dicho antes, Price, así que ahora me debes una cena.

Brad sonrió mientras cerraba la puerta detrás de Abby. Luego se metió las manos en los bolsillos y se balanceó sobre los talones. No se le había olvidado la apuesta. Había hecho el comentario adrede para que Abby ganase. Había querido ver el gesto de triunfo en su bonito rostro.

Pero mientras pensaba en lo especial que pretendía hacer la noche de la cena, recordó que Abby estaba disgustada porque los miembros del club estaban hablando de ellos y eso lo enfadó. Tenía la sensación de que la mayoría de las personas que hablaban de ellos a sus espaldas pertenecían a la vieja guardia, eran aquellos que querían que el prestigioso club siguiese siendo una organización masculina y les molestaba que Abby formase parte de él.

Respiró hondo. No era algo de lo que estuviese orgulloso, pero hasta hacía poco tiempo había estado completamente de acuerdo con ellos. ¿Seguía estándolo?

Los tiempos habían cambiado y, para asegurarse de que el club seguía siendo una institución importante, sus miembros debían tener unas ideas más progresistas.

Abby había sido miembro del club durante casi todo el año anterior y, durante ese tiempo, en realidad no había cambiado nada. Todos los miembros, ella incluida, defendían los valores establecidos por Tex Langley más de un siglo antes.

Ese era el motivo por el que tenía que frenar los cotilleos. Además de porque a Abby le disgustaban, porque si continuaban, serían perjudiciales para el club. El honor que siempre habían prometido defender estaba en peligro. Por suerte, él sabía cómo poner freno a las habladurías e iba a hacerlo.

A la tarde siguiente, Brad se sentó a la mesa de una de las salas de reuniones del club, dispuesto a contar su plan a sus dos mejores amigos.

–¿Qué pasa, Brad? –le preguntó Chris mientras entraba en la habitación acompañado de Zeke.

–Tengo entendido que algunos miembros del club están hablando por ahí de que paso mucho tiempo con Abby Langley y quiero pararlo –les contó sin más.

Zeke asintió mientras tomaba una silla para sentarse.

–Yo oí a un par de ellos comentándolo el otro día en la cafetería, pero se callaron cuando pasé por su lado.

Brad no quiso preguntarle qué estaban diciendo. No quería saberlo. El mero hecho de que se estuviese hablando de ellos ya disgustaba a Abby, y a él tampoco le sentaba bien.

–Sí, mi suegro comentó el otro día que se os veía muy unidos –admitió Chris, sentándose también–. Harrison me preguntó si yo sabía algo al respecto, y le contesté que, aunque lo supiera, no se lo iba a decir a él.

–Gracias –le dijo Brad, apreciando la lealtad de su amigo–. Tengo una idea acerca de cómo terminar con las habladurías, pero voy a necesitar vuestra ayuda.

–Ya sabes que puedes contar con nosotros –le aseguró Zeke.

–Por supuesto –añadió Chris–. ¿Qué se te ha ocurrido?

–Quiero que la gente se entere de que Abby y yo estamos trabajando juntos para restaurar la unidad del club.

Chris asintió.

–Eso me parece razonable. Gane quien gane la presidencia, los miembros que apoyen al perdedor van a tener que cerrar la boca.

–¿Y has pensado cómo quieres que la gente se entere de eso? –le preguntó Zeke.

–Si vosotros pudieseis comentárselo a un par de cotillas del club, estoy seguro de que no tardaría en correrse la voz –les explicó Brad–. Cuando se anuncie al ganador el día del baile de Navidad, con un poco de suerte todos los miembros estarán pensando en mantener la integridad del club y eso facilitará la transición al que sea elegido.

–A mí me parece un buen plan –admitió Chris. Zeke sonrió.

–No tengo nada contra Abby, pero este es el motivo por el que tienes que ganar tú. Si hay una persona que pueda volver a encauzar el club, eres tú.

–Hablaré con Harrison –intervino Chris contento–. Al final del día lo sabrá toda la ciudad.

–¿Estás llamando cotilla a tu suegro? Pensé que ya habíais enterrado el hacha de guerra hace tiempo –comentó Brad, sabiendo que el suegro de Chris no lo había aceptado al principio.

Chris procedía de una familia humilde y su suegro siempre había pensado que no era lo suficientemente bueno para su hija, Macy.

–Hemos hecho las paces –admitió Chris–, pero solo hasta cierto punto. De vez en cuando se le sigue olvidando y se mete conmigo por haber nacido en el barrio pobre de la ciudad.

Zeke juró y los otros dos hombres asintieron.

–Ya le gustaría ser la mitad de hombre que tú, Chris –añadió después.

Este se encogió de hombros.

–Nunca seremos buenos amigos, eso es evidente, pero los dos queremos a Macy y hemos solucionado nuestras diferencias lo suficiente como para tolerarnos.

–¿Algo más? –preguntó Zeke.

–Esta mañana me ha llamado Mitch Hayward, quería más detalles acerca de lo de la dirección del equipo de fútbol –comentó Brad sonriendo–.

Yo creo casi con seguridad que al final va aceptar el puesto.

–Vaya, qué bien –comentó Zeke sonriendo.

–¿Crees que tomará la decisión antes del baile de Navidad? –le preguntó Chris esperanzado.

–Es posible –le dijo Brad–. Estaría bien poder anunciarlo en el baile.

Zeke se miró el reloj y se puso en pie.

–A estas horas seguro que hay algún miembro del club tomando café en el Royal Diner. Voy a pasarme por allí a poner nuestro plan en marcha. Cuanto antes empecemos, mejor.

–Y yo iré a Reynolds Constructions –dijo Chris, levantándose también para marcharse.

Mientras seguía a sus amigos hacia la puerta, Brad supo que esa noche ya nadie diría que Abby y él pasaban demasiado tiempo juntos. Y, si lo hacían, lo harían sabiendo que era por un buen motivo.

Capítulo Nueve

Durante los días posteriores a la noche en la que habían cuidado de las gemelas de Sadie y Rick, Abby no había vuelto a ver a Brad y a Sunnie y solo había hablado con este un par de veces.

Había estado muy ocupada con la organización de la fiesta de Navidad de la casa de acogida de mujeres, y levantándose temprano para ayudar a cambiar los flamencos de jardín por las mañanas.

El corazón se le aceleró mientras aparcaba el todoterreno delante de la casa de Brad.

Se sentía orgullosa de haber conseguido, con su esfuerzo y el de otras personas de la comunidad, recaudar varios cientos de miles de dólares para una buena causa, pero a pesar de la satisfacción que eso le producía, había echado de menos a Sunnie y a su atractivo tío. Sabía que lo que estaba haciendo no era sensato y que podía terminar llevándose una gran decepción, pero no había podido evitarlo. Brad y su sobrina se estaban convirtiendo en una parte muy importante de su vida.

Todavía no había llamado a la puerta cuando Brad la abrió y la tomó entre sus brazos.

–¿Estás preparada para el acontecimiento culinario del año? –le preguntó, dándole un beso que la dejó aturdida.

–Supongo que sí –balbució ella, casi sin aliento.

–Bien –añadió él, dándole la mano–. Cierra los ojos.

–¿Qué te propones esta vez? –preguntó Abby riendo.

Él sonrió.

–Habíamos dicho que el que perdiese la apuesta tenía que hacerle la cena al otro, ¿no? Pues cierra los ojos.

Abby obedeció y Brad la guio por la casa hasta llegar al comedor.

–De acuerdo, ya puedes abrirlos otra vez –le susurró él al oído.

Ella los abrió y miró la mesa.

–Oh, Brad. ¡Qué bonito!

Brad había puesto un mantel blanco, manteles individuales rojos y servilletas verdes. En el centro de la mesa había un elegante jarrón de plata con al menos dos docenas de rosas rojas y a ambos lados de este, un candelabro de plata con velas también de color rojo.

Abby no había esperado que Brad fuese tan lejos. Había pensado que cocinaría algo sencillo para cenar, como unos espaguetis, y que cenarían en la cocina.

Le gustó que se hubiese esforzado tanto en preparar la velada.

Brad se puso detrás de ella y la abrazó por la cintura.

–Lo mejor para ti, cariño.

Abby sintió un escalofrío al notar su aliento caliente en la nuca y la fuerza de su cuerpo en la espalda.

Al principio había intentado luchar contra lo que había entre ellos, pero con el paso de los días, Brad había ido debilitándola y había conseguido que tuviese ganas de pasar tiempo con él y de recibir sus gestos de cariño. Brad aprovechaba cualquier excusa imaginable para tocarle la mejilla o el pelo, o para darle un apasionado beso. Y a Abby aquello le gustaba cada vez más.

Se dio cuenta de que estaba jugando a un juego muy peligroso y eso la asustó, pero se dijo que, mientras tuviese las cosas claras y no se implicase demasiado, podría mantener aquella nueva amistad sin salir mal parada de ella.

En teoría era fácil, pero ponerlo en práctica era otro tema. Con Brad abrazándola y dándole suaves mordiscos en el cuello, cada vez era más difícil recordar por qué era tan importante no entregarle su corazón.

–¿Dónde está la niña? –le preguntó, intentando pensar en otra cosa.

–En casa de Sadie y Rick –le susurró él al oído–. Me ha parecido buena idea poder tener la noche para nosotros solos, para variar.

La idea de pasar la velada solo con Brad, sin tener la excusa de la niña, tenía que haber hecho que Abby saliese corriendo, pero resultó que ya no la molestaba.

—¿Estás seguro de que es... sensato? —le preguntó.

Aunque en realidad se estaba haciendo la pregunta a sí misma.

Brad hizo que se girase para que lo mirase y luego tomó su rostro con ambas manos y la miró a los ojos.

—Te doy mi palabra de que no va pasar nada que tú no quieras que pase, cariño.

Abby no quiso decirle que eso era precisamente lo que la preocupaba. Ambos sabían lo fuerte que era la química que había entre los dos.

—¿Por qué no disfrutamos de la maravillosa cena que me has prometido? —le preguntó ella para cambiar de tema.

Brad siguió mirándola a los ojos unos segundos más y luego, sonriendo, le ofreció una de las sillas.

—Siéntate, vas a probar la mejor carne de toda tu vida.

A Abby no le sorprendió que Brad hubiese escogido carne para cenar. A la mayoría de los hombres texanos les encantaba la carne.

—¿De qué restaurante la has encargado? —le preguntó cuando Brad volvió con dos platos de la cocina.

—De Chez Price —respondió él.

—¿Has hecho tú la salsa y has preparado los filetes? —inquirió ella.

–¿Por qué te sorprende tanto? –dijo él, sentándose a la mesa–. La apuesta era que el perdedor tenía que hacer la cena.

–Ya, pero son pocos los hombres que saben cocinar –comentó ella.

Brad sonrió mientras tomaba su cubierto.

–Cariño, ¿todavía no te has dado cuenta de que yo no soy como los demás?

Abby se metió un trozo del suculento filete en la boca y tuvo que admitir que, durante los últimos meses, Brad no había dejado de sorprenderla.

En primer lugar, hacía aceptado la responsabilidad de cuidar de la hija de su hermano como si fuese suya.

Después, le había contado que estaba trabajando desde casa para poder estar con Sunnie porque no quería que la criase una niñera.

Y la mayor sorpresa había llegado la noche en que a la niña le había hecho reacción la vacuna. Brad no solo se había preocupado por la pequeña, sino también por ella. No había querido dejarla volver a casa sola sabiendo lo cansada que estaba.

–¿Te gusta el filete? –le preguntó este, interrumpiendo sus pensamientos.

–Está delicioso –admitió Abby.

–Bien –dijo él, dando un sorbo a su vaso de té con hielo–. ¿Hay restaurantes donde sirvan buenos filetes en Seattle?

Ella asintió sonriendo.

–En Redmond hay un lugar llamado Stone House donde preparan una carne excelente.

–¿Ese es el barrio donde vivías cuando estabas allí?

–No, es donde tenía la empresa de software que montamos al terminar la universidad –le contó ella–. Solíamos cenar allí los días que nos quedábamos a trabajar hasta tarde.

–He oído que vuestro programa ha tenido mucho éxito en la industria aseguradora –dijo él–. ¿Crees que algún día volverás a trabajar en la informática?

–Estuve dándole vueltas al tema cuando Richard falleció, y mis compañeras me hablaron hace poco de montar una empresa nueva –admitió Abby–, pero tendría que volver a vivir a Seattle y no estoy segura de querer hacerlo. Tengo que ocuparme del rancho y… cuando gane las elecciones del club, creo que lo mejor será que viva cerca de Royal.

Brad se echó a reír mientras se levantaba para llevarse los platos a la cocina.

–Te veo muy segura de ti misma, Langley.

–No más que tú –replicó ella en tono de broma.

Unos minutos después, Brad volvió al salón y le tendió la mano.

–He pensado que podíamos tomar el postre delante de la chimenea.

–Es muy buena idea –respondió ella, dándole la mano.

Se levantó de la silla y dejó que Brad la guiase hasta el salón, donde los esperaba una bandeja de plata con dos copas de champán y un cuenco con fresas bañadas en chocolate. A un lado de la mesa había una cubitera con una botella de champán. La chimenea encendida y las luces del árbol de Navidad eran las únicas iluminaciones de la habitación.

Antes de que a Abby le diese tiempo a comentar que era evidente que había preparado el salón para seducirla, Brad la abrazó.

—Quiero que sepas que lo único que quiero es pasar un rato tranquilo contigo. Cualquier otra cosa que pueda pasar entre nosotros dependerá de ti, cariño.

Abby le agradeció que le dejase llevar las riendas de la situación, aunque teniendo en cuenta que se derretía cada vez que la besaba, no estaba segura de que eso fuese buena idea.

—Pensé que no bebías nada de alcohol —comentó, prefiriendo cambiar de tema.

—No suelo beberlo —admitió Brad, pegando la cara a su pelo—, pero esta noche voy a hacer una excepción.

—¿Por qué? —le preguntó ella, distraída al notar el calor de su aliento en la piel.

—Porque tenemos que hacer una cosa —le respondió él, soltándola para sacar la botella de los hielos y servir el champán en las copas—. Uno de los dos se va a convertir en el próximo presidente del Club de Ganaderos de Texas mañana por la noche. En cuanto anuncien al ganador, uno de los dos tendrá que dar un pequeño discurso. Y después, nos veremos rodeados de miembros del club.

Le tendió una de las copas antes de continuar.

–A mí me gustaría que pudiésemos celebrarlo juntos tranquilamente, pero vamos a tener que hacerlo hoy.

Abby levantó su copa y la chocó suavemente contra la de Brad.

–Enhorabuena al ganador –dijo.

–Por nosotros –añadió él, dándole un sorbo a su copa.

Luego se inclinó para tomar una fresa y dársela.

–Si ganas tú, no se me ocurre nadie mejor contra quien perder, Abby –añadió.

–Lo mismo digo –le contestó ella, mordiendo la fresa.

Y se le cortó la respiración cuando Brad se acercó a darle un beso en los labios.

–Sabes muy bien.

–El champán y las fresas cubiertas de chocolate siempre han sido una buena combinación –admitió Abby.

Brad la miró con deseo, causándole un cosquilleo en el estómago.

–No me refería a las fresas ni al champán, cariño.

Abby lo vio quitarle la copa de la mano y supo cuál era su intención.

Cuando la abrazó por la cintura, su cuerpo se inclinó automáticamente hacia el de él.

Cuando la besó, Abby supo que la decisión estaba tomada.

Quería que Brad la besase, quería sentir su cuerpo ardiendo de deseo, quería probar su pasión.

Y quería que él se sintiese exactamente igual que se sentía ella.

Brad apretó a Abby contra su cuerpo y saboreó el champán, las fresas y el chocolate en sus labios. Nunca había probado nada más erótico en sus treinta y dos años de vida.

Pero cuando profundizó el beso y notó la pasión y el deseo de Abby, pensó que no podía pedir más.

Tal vez al principio hubiese luchado contra la atracción que sentía por él, pero en esos momentos estaba seguro de que ya no podía seguir resistiéndose.

Lo abrazó por la cintura y a él se le aceleró el corazón y tuvo la sensación de que toda la sangre del cuerpo se le bajaba a la entrepierna. Su erección fue casi instantánea e hizo que se sintiese ligeramente aturdido.

Sin pensarlo, bajó las manos hasta el trasero de Abby y la apretó con fuerza contra él. Quería que viese lo mucho que la deseaba, cómo hacía que se sintiese.

Notó que ella se estremecía y supo que estaba tan excitada como él.

–Me estás volviendo loco, cariño –le dijo con voz ronca.

–Me parece que… es mutuo –respondió ella.

Brad le acarició el pelo y se apartó un instante para mirarla a los ojos.

–No te voy a mentir, Abby. Te deseo más que a nada en este mundo, pero te juro que no pretendía seducirte esta noche. Si lo prefieres, podemos sentarnos a hablar.

Brad sabía que iba a sufrir mucho si Abby escogía esa opción, pero quería que estuviese cómoda con él.

El corazón se le aceleró al ver que Abby le ponía un dedo en los labios y negaba suavemente con la cabeza.

–No quiero seguir luchando contra esto y no quiero hablar, Brad. Te quiero a ti.

–¿Estás segura? –insistió él, sin saber por qué y sabiendo que si cambiaba de opinión, se enfadaría mucho consigo mismo.

Pero no quería que Abby hiciese algo para lo que no estaba preparada.

–Hay muchas cosas de las que no estoy segura, pero esta no es una de ellas –le respondió muy seria–. Sí, te deseo.

Brad le tomó el rostro con ambas manos y la miró fijamente.

–Cuando estemos arriba, en mi dormitorio, ya no habrá marcha atrás, cariño. Cruzaremos una línea y las cosas nunca volverán a ser las mismas entre nosotros.

–Lo sé.

–Y no quiero que te arrepientas –añadió Brad.

Ella cerró los ojos un instante y luego volvió a abrirlos para mirarlo.

–De lo único que podría arrepentirme es de no haber hecho el amor contigo –le respondió en voz baja.

Y aquello fue lo único que Brad necesitaba. Se acercó a apagar la chimenea y las luces del árbol de Navidad.

Ambos guardaron silencio mientras volvía a su lado y le tomaba la mano para llevarla escaleras arriba. No hacían falta palabras. Ambos sabían el riesgo que corrían y que las cosas nunca volverían a ser iguales entre ambos.

Entraron en la habitación de Brad y este cerró la puerta. Encendió la lámpara que había en la zona de estar y luego se giró hacia ella para abrazarla. Tenía la intención de ir muy despacio, de saborear cada segundo de la primera noche que iba a pasar haciéndole el amor a Abby. Porque estaba seguro de que habría muchas otras noches. No sabía por qué, pero estaba seguro. Y su instinto nunca lo engañaba.

La besó lenta, profundamente, y luego la miró a los ojos mientras le sacaba la blusa de la cinturilla de los pantalones negros.

–No sabes cuántas veces he pensado en hacer esto durante las últimas semanas –le confesó antes de desabrocharle el botón en forma de perla que tenía la prenda.

–Probablemente las mismas veces que yo en hacer esto –respondió Abby, empezando a desabrocharle la camisa.

Cuando ambos terminaron de desabrocharse las camisas, Brad tenía la respiración como si acabase de correr un maratón. Metió las manos por debajo de la tela y ella las apoyó en su pecho.

–También he deseado hacer esto desde que te vi sin camisa la otra noche –admitió Abby, acariciándole el abdomen y probando la fuerza de sus pectorales.

Brad tuvo que respirar hondo porque se había quedado sin aliento.

–¿Por qué no nos quitamos esto? –preguntó, bajándole la blusa por los brazos.

Luego cerró los ojos y disfrutó de la suavidad de su piel mientras Abby le quitaba la camisa a él.

–Nunca me había dado cuenta de que tenías un cuerpo tan bonito –reconoció ella, pasando un dedo por la línea de vello que descendía por su vientre.

Brad se quedó sin respirar mientras Abby metía el dedo por la cinturilla de sus pantalones.

–Yo no diría que es… para tanto –le respondió.

Se concentró en hablar para intentar calmar el deseo que le corría por las venas. Luego pasó el dedo por el encaje del sujetador y lo desabrochó.

–Es duro y está lleno de baches–añadió, quitándole el sujetador y dejándolo encima de la blusa de Abby y su camisa, que estaban tirados en la alfombra, a su lado–. Tú sí que tienes un cuerpo perfecto, suave, curvilíneo.

Le acarició los pechos con las manos y luego inclinó la cabeza para besárselos.

–… tan dulce –terminó.

Abby gimió suavemente y él la abrazó.

–Me gusta tenerte así, cariño –le dijo.

–A mí también –admitió ella suspirando.

Brad quería tener todo su cuerpo pegado al de ella, así que se agachó para quitarse los zapatos y ayudar a Abby a deshacerse de los suyos, y luego buscó el botón y la cremallera de sus pantalones.

–Mírame, Abby –le ordenó, metiéndole los dedos por la cinturilla del pantalón y de las braguitas.

Cuando ambas prendas cayeron al suelo, Abby salió de ellas y utilizó el pie para empujarlas hacia el montón de ropa que ya había en la alfombra.

–Eres impresionante, Abby –comentó Brad, obligándose a respirar mientras la miraba.

Era bella en todos los aspectos, y su seguridad y orgullo le aceleraron el pulso. El único modo de describir aquel momento era con la palabra perfección.

–¿No te parece que tú sigues llevando demasiada ropa para la ocasión? –le preguntó ella con voz aterciopelada.

–Eso lo puedo remediar ahora mismo –le respondió Brad, bajándose los pantalones de vestir y los calzoncillos.

Los dejó a un lado, pero no avanzó inmediatamente para tomarla entre sus brazos. Estaba decidido a no correr. Quería que aquella noche fuese la experiencia más mágica que ambos habían tenido en todas sus vidas, pero iba a ser difícil, teniendo ante sí a la mujer más sensual que había conocido acariciándolo con la mirada. Abby lo deseaba tanto como él a ella, y solo de pensarlo Brad se excitaba todavía más.

Sin decir palabra, abrió los brazos y, para su inmensa satisfacción, Abby dio un paso al frente para fundirse contra él. Sus cuerpos se estaban tocando de los hombros a las rodillas y Brad sintió que su erección crecía y que le temblaban las rodillas.

Se inclinó hacia atrás y la miró a los ojos. En silencio, la tomó en brazos y la llevó hacia la cama. Se detuvo un instante para que Abby apartase el edredón y la sábana y luego la dejó con cuidado en el colchón.

Ella sonrió y levantó los brazos hacia él.

–Hazme el amor, Brad.

A él se le aceleró el corazón mientras se tumbaba a su lado.

–Quiero ir despacio –le dijo, apretando los dientes para contener el deseo–, pero no estoy seguro de que vaya a ser capaz, cariño.

Ella sacudió la cabeza.

–Eso me parece a mí. Ha pasado tanto tiempo.

Brad la besó en el cuello al tiempo que le acariciaba un pecho.

–¿No has estado con nadie desde…?

–No –susurró ella, interrumpiéndolo.

Era como si no quisiese que mencionase el nombre del que había sido su marido y Brad lo entendía y lo respetaba. Él tampoco quería que se acordase de Richard. Este formaba ya parte del pasado, pero quería que pensase en Brad Price como su futuro.

La idea tenía que haberlo asustado, pero no lo hizo. Decidió que ya tendría tiempo después para pensar en aquello y la besó.

Se volvió a acostumbrar a la dulzura de sus labios mientras le acariciaba la cadera y bajaba la mano por el muslo. Su piel era tan perfecta que parecía de satén y Brad pensó que jamás se cansaría de acariciarla.

Cuando Abby movió las piernas supo que estaba tan excitada como él, y metió la mano entre sus muslos para comprobarlo.

–¿Quieres que te dé placer, Abby?

–Sí.

Él le mordisqueó el escote mientras la acariciaba y se aseguraba de que estaba preparada para recibirlo.

La oyó gemir de placer y se excitó todavía más.

Abby bajó la mano por su pecho y lo acarició también.

–Cariño, me encanta cómo me tocas –le dijo él poco después, agarrándole la mano–, pero si sigues haciéndolo, te voy a decepcionar y me va a dar mucha vergüenza.

–Te deseo, Brad.

–¿Ahora?

–¡Sí!

Había tanto deseo en su voz que Brad no necesitó que le dijese nada más. Le separó las piernas con la rodilla y se tumbó encima de ella. El corazón se le detuvo un instante cuando notó que Abby lo agarraba para guiarlo dentro de ella y tuvo que controlarse todo lo que pudo para ir despacio.

Notó cómo su cuerpo lo aceptaba y apretó los dientes para no precipitarse. Hacía más de un año que Abby no hacía el amor y necesitaba tiempo para acostumbrarse a él.

Se fijó en su rostro, por si veía algún gesto de incomodidad, pero la vio cerrar los ojos y sonreír de placer.

–Qué maravilla –dijo Abby, agarrándolo por los hombros.

Y él se apretó contra su cuerpo y se hundió en ella todo lo dentro que pudo al tiempo que la besaba. Quería que el placer fuese el máximo posible, que aquello durase mucho, pero la deseaba tanto que cuando Abby le puso las piernas alrededor de la cintura y arqueó la espalda, tuvo que moverse en su interior.

La mezcla del deseo de ambos y de la perfección con la que habían encajado sus cuerpos hizo que Brad no tardase en perder el control.

Notó cómo los músculos internos de Abby se contraían a su alrededor y supo que estaba a punto de llegar al clímax.

Unos segundos después la oyó gemir, notó los espasmos de su sexo y se dejó llevar con ella en aquella espiral de placer.

Luego la abrazó mientras ambos se relajaban y volvían poco a poco a la realidad.

Lo que acababan de compartir era más fuerte, más importante de lo que jamás habría podido imaginar.

–¿Estás bien, cariño? –le preguntó, levantando la cabeza de su hombro.

Ella asintió sonriendo.

–Ha sido increíble.

–Tú sí que eres increíble –le respondió Brad, dándole un beso en la punta de la nariz. Luego se tumbó de lado y la abrazó–. Quiero que pases la noche conmigo.

–No sé si eso…

Brad le puso un dedo en los labios. Sabía que era difícil para Abby olvidarse de lo que los demás pensarían de ella, pero había llegado el momento de que se diese cuenta de que la gente siempre iba a hablar, tomase las decisiones que tomase.

–A mí me da igual lo que piensen los demás, Abby, y a ti tampoco debería importarte. Somos adultos –le dijo, sonriendo después para suavizar sus palabras–. No necesitamos el permiso ni la aprobación de nadie para pasarlo bien juntos.

–Tienes razón –admitió ella.

Brad sonrió con malicia y apretó las caderas contra ella.

–Ahora, concentrémonos en lo que estoy pensando yo, y no en lo que la gente pueda pensar.

Capítulo Diez

Abby terminó de maquillarse y miró a la mujer que había en el espejo.

Hacía menos de veinticuatro horas que había estado delante de aquel mismo espejo, preparándose para ir a cenar a casa de Brad. Había pensado que cenarían, charlarían y se darían algún beso. Nada más. Pero en vez de marcharse al final de la velada, tal y como había tenido planeado, Brad solo había tenido que besarla para convencerla de que pasase la noche con él.

Suspiró y entró en su dormitorio a por el vestido largo y negro que había dejado encima de la cama antes de meterse en la ducha.

Después de haber hecho el amor por segunda vez, Brad había bromeado con ella y la había provocado hasta conseguir lo que quería, y eso era lo que no entendía.

Era la primera vez que alguien la convencía para hacer algo que no quería hacer, pero, al parecer, Brad era capaz de convencerla de cualquier cosa.

Cerró los ojos un instante, respiró hondo y sacudió la cabeza. Tenía que dejar de mentirse a sí misma.

Por insensato y complicado que fuese, lo cierto era que ella tampoco había querido marcharse. Había querido cada uno de sus besos y había querido hacer el amor con él.

Se puso el vestido y el modo en que la tela se pegó a su cuerpo le recordó a la manera en que Brad la había acariciado para darle placer. Se estremeció de deseo. Se le cortaba la respiración solo de pensar en cómo habían hecho el amor.

Se calzó los altos tacones negros y fue a buscar unos pendientes al joyero mientras pensaba que ojalá pudiese convencerse a sí misma de que lo que había compartido con Brad había sido solo una noche de placer entre dos personas solitarias, pero sabía que no era así.

Miró los pendientes que Richard le había regalado el día de su boda, que estaban en un rincón del joyero y supo que hacer el amor con Brad había sido mucho más que la necesidad de volver a sentirse deseada por un hombre. Y eso era lo que más la confundía.

Siempre había querido a su difunto marido. Habían estado juntos desde el instituto, pero durante todos aquellos años, tanto antes como después de estar casados, la pasión y el deseo en su relación nunca había sido tan intenso como con Brad. Lo que había tenido con Richard había sido más tranquilo, más… cómodo.

Frunció el ceño.

—Qué manera más rara de describir un matrimonio —comentó en voz alta.

Estaba segura de que entre Richard y ella había habido mucho más que…

El timbre de la puerta interrumpió sus inquietantes pensamientos. Se puso corriendo los pendientes, tomó el bolso de mano y salió del dormitorio. Ya pensaría después en su matrimonio, cuando estuviese a solas, después de la velada.

Mientras iba de camino a la puerta no pudo evitar notar que se le había acelerado el pulso y que estaba deseando volver a ver a Brad. Eso la incomodó, pero no tuvo tiempo para darle más vueltas.

Nada más abrir la puerta, la mirada de Brad hizo que se le detuviese el corazón.

Sin decir palabra, este avanzó un paso y la abrazó. Le dio un beso que la dejó sin aliento y luego volvió a retroceder.

—Estás preciosa, Abby.

—Lo mismo podría decir yo de ti —le contestó ella con toda sinceridad.

Iba vestido con un esmoquin negro, camisa blanca y pajarita negra, y parecía un modelo.

Brad abrió una pequeña caja en la que Abby no se había fijado y sacó una bonita orquídea blanca de ella.

—Vamos a ponerte esto antes de marcharnos.

Sus dedos le rozaron el pecho mientras se la colocaba y Abby sintió un escalofrío.

—Gracias, Brad. Qué bonita.

Él sacudió la cabeza.

—No tiene color a tu lado, cariño —le dijo sonriendo–. ¿Estás preparada para la noche más importante de Royal, Texas?

–No podría estarlo más –respondió ella mientras Brad la ayudaba a ponerse el chal sobre los hombros.

De camino a la limusina que los esperaba, le preguntó:

–¿Quién se ha quedado con Sunnie esta noche?

–Juanita ha llegado de Dallas justo después de que tú te marchases esta mañana y ha accedido a quedarse con Sunnie y con las gemelas –le contó él, mientras le abría la puerta–. Si el año pasado por estas fechas me hubiesen dicho que estaría buscando niñera y dejándole varios números de teléfono por si tiene que localizarme, no me lo habría creído.

–Un bebé lo cambia todo –comentó Abby, deseando poder tener uno que le diese significado a su vida.

Mientras el chófer los llevaba a la fiesta de Navidad, ninguno de los dos mencionó que un par de horas después uno de ellos sería el nuevo presidente del Club de Ganaderos de Texas y que el otro volvería a casa como perdedor.

–¿Sabes cuánto te he echado de menos desde que te has marchado esta mañana? –le preguntó Brad en voz baja, íntima.

–Pues… no –respondió ella, sintiendo calor de repente.

–Solo podía pensar en lo bien que habíamos

estado juntos y en lo mucho que deseo –continuó Brad, con los ojos brillantes de deseo.

Abby sonrió.

–Lo de anoche fue maravilloso.

–Pues te prometo, cariño, que esta noche va a ser todavía mejor –le dijo Brad.

A ella, solo la idea de volver a pasar otra noche entre sus brazos le aceleró el pulso.

–Pero Sunnie...

–Estará profundamente dormida –le contestó él mientras el coche se detenía delante de la puerta del club.

Antes de que a Abby le diese tiempo a contestar, el chófer abrió la puerta y Brad salió de la limusina. Luego se giró y la ayudó a bajar.

–Ya hablaremos de eso más tarde –le advirtió ella antes de entrar al club.

–Lo estoy deseando –respondió Brad en tono pícaro.

Dos o tres veces al año, el ambiente distendido del club se transformaba con algún acontecimiento social más formal. Entre ellos, el más importante era el baile de Navidad. La entrada, decorada con motivos navideños, brillaba con cientos de pequeñas luces blancas que le daban un toque mágico.

Abby se maravilló de lo bien que había quedado.

–Es increíble –comentó, mirando a su alrededor–. Nunca había visto el club así.

–Sé que el año pasado no viniste, pero ¿no habías estado nunca antes en la fiesta de Navidad? –le preguntó Brad mientras iban hacia el salón de baile.

Abby asintió.

–Hace muchos años, pero no lo recordaba todo tan bonito.

–Por eso sería una pena que se aprobase la construcción de un edificio nuevo –comentó él, sacudiendo la cabeza–. Yo estoy a favor del progreso, pero no se pueden conservar las tradiciones y avanzar al mismo tiempo.

No era un secreto que Brad había defendido en todo momento que se conservase el edificio antiguo en vez de construir uno nuevo.

–¿Te ha dicho Sadie lo que le gustaría hacer con este local si los miembros deciden construir uno nuevo? –le preguntó Abby.

Él la miró sorprendido.

–No. ¿Qué tiene pensado?

Abby levantó la vista y vio que Sadie y Rick Pruitt iban hacia ellos.

–¿Por qué no se lo preguntas tú mismo? Seguro que podrá explicarte sus ideas mucho mejor que yo.

–Sadie, estás preciosa –le dijo Abby a su amiga, abrazándola–. Me encanta tu vestido.

–Y a mí el tuyo. Rick y yo estábamos comentando que hacéis muy buena pareja.

Antes de que a Abby le diese tiempo a contestarle a su amiga que solo habían ido al baile juntos, Brad comentó:

–Me han dicho que podrías estar interesada en este edificio.

Mientras Sadie le contaba sus ideas para convertir el club en un centro cultural, Zeke y Sheila Travers se unieron al grupo.

–¿Estás preparada para convertirte en la primera mujer presidenta de Club de Ganaderos de Texas? –le preguntó Sheila a Abby al oído.

Esta sonrió.

–Todavía no me han elegido, pero sí, creo que estoy preparada para aceptar el reto.

Luego, como la última vez que había visto a Sheila no se encontraba bien, le preguntó:

–Debes de estar con la gripe, porque esta noche estás radiante.

Zeke sonrió de oreja a oreja.

–Pues no, no es gripe –comentó, mirando a su esposa y dándole un beso en la mejilla–. ¿Se lo cuentas tú o lo hago yo?

–Cuéntaselo tú –respondió Sheila, mirando a su marido con adoración.

–Resulta que Sheila no tiene gripe –empezó mientras la abrazaba por los hombros–. Estamos embarazados.

–Cuánto me alegro por vosotros –les dijo Abby, abrazando a su amiga.

Sheila era una de las mujeres más buenas y dulces que había conocido y Abby sabía lo mucho que había deseado tener un hijo. Eso era algo que tenían en común.

Al parecer, el deseo de Sheila iba a hacerse

realidad y Abby se alegraba mucho por ella. Solo deseaba que ocurriese un milagro y poder ser madre también.

–¿Estás bien? –le preguntó Brad en un susurro.

–Por supuesto –le respondió ella, conmovida por su preocupación.

Brad sabía cuánto deseaba tener un bebé y debía de haber notado lo mucho que la afectaba ver cómo los demás cumplían sus sueños y saber que ella nunca lo haría.

–Cielo, creo que Summer Franklin te está llamando –le dijo Rick a su esposa, señalando hacia un grupo en el que estaban Darius Franklin, socio de Zeke, y su esposa.

–Ahora vuelvo –dijo Sadie, yendo a ver qué quería la coordinadora de la casa de acogida de mujeres de Somerset.

Mientras esperaban a que Sadie volviese, Mitch Taylor y su esposa, Jennifer, se acercaron a saludarlos.

–¿Estáis los dos preparados para recibir la noticia? –preguntó Mitch.

En esos momentos era el presidente en funciones del club, y a Abby le pareció verlo muy contento de poder pasar el testigo a otra persona.

–Llevo meses esperándola –comentó Brad en tono alegre.

–Abby, ¿hasta cuándo van a estar los flamencos pasando de jardín en jardín? –le preguntó

Jennifer riendo–. Pensé que a nuestro vecino, el señor Hargraves, le iba a dar un ataque cuando se levantó la otra mañana y los vio delante de su casa.

El hombre en cuestión era conocido por su obsesión con el ahorro y debía de haberle supuesto un disgusto tener que pagar para que se llevasen los flamencos rosas de plástico de su jardín.

–Creo que la campaña termina el día de Año Nuevo –comentó Abby, riendo también–. Me parece que el señor Hargraves ha hecho una donación, porque esta mañana ya estaban en otro jardín.

Abby vio que Brad y Mitch se miraban.

–¿Pasa algo? –preguntó.

Brad negó con la cabeza y Mitch y Jennifer se alejaron a saludar a otras parejas.

–Hemos estado trabajando juntos en un pequeño proyecto y tenemos pensado hacerlo público esta noche –le contó.

Abby sabía de qué se trataba.

–¿Has comprado el equipo de fútbol? –adivinó.

–Zeke, Chris y yo somos copropietarios, y Mitch ha accedido a ser el director general –le explicó Brad al oído–, pero no queremos que lo sepa nadie hasta que no se sepa el nombre del nuevo presidente.

–Eso es estupendo. Hacía tiempo que la ciudad necesitaba algo así –comentó Abby.

A la mayoría de los habitantes de Royal les parecía que Houston y Dallas estaban demasiado lejos para ir a ver un partido. Con un equipo semiprofesional en la ciudad, podrían disfrutar del fútbol con más frecuencia.

–Bueno, ya tenemos la lista de los afortunados que tendrán a los flamencos en su jardín la última semana de la campaña –anunció Sadie, volviendo al grupo.

–Espero no estar entre ellos –comentó Brad en tono burlón–. Es una buena causa y la apoyo al cien por cien, pero te juro que donaré el doble de dinero si pasáis de largo cuando veáis mi casa.

Abby sonrió y le dio una palmadita en la mejilla.

–Dona todo el dinero que quieras, pero no podemos prometerte que los flamencos no vayan a pasar por tu jardín.

Todo el mundo se echó a reír de camino al salón de baile, donde se habían colocado mesas alrededor de la pista. En la parte frontal del salón había una mesa larga para los miembros de la junta directiva del club, y un grupo de música de Austin estaba terminando de preparase.

Encontraron los carteles con sus nombres y a Abby le alegró comprobar que Brad y ella compartirían mesa con los Travers, con Chris y Macy Richards y con Daniel y Elizabeth Waren. Todos eran buenos amigos y estaba deseando charlar con ellos de sus planes para las vacaciones.

Una hora más tarde, después de haber disfrutado de una deliciosa cena, Abby y las demás mujeres se excusaron para ir el cuarto de baño juntas a retocarse el maquillaje. Cuando volvieron, la música había empezado a sonar y ya había varias parejas que iban de camino a la pista de baile.

Abby dejó su chal en el respaldo de la silla y se sentó al lado de Brad para disfrutar viendo cómo bailaba la gente.

En Texas, era casi obligatorio bailar en todos los acontecimientos sociales, y a Abby no le sorprendió que hubiese música antes y después de que se anunciase el resultado de las elecciones.

Cuando la canción terminó y dio paso a una música lenta, Brad se puso de pie y le ofreció la mano:

—Me gustan las canciones lentas —comentó, acercándose para que Abby lo oyese.

—¿Estás seguro de que es buena idea? —le preguntó ella mientras se levantaba también.

Hasta el momento, nadie parecía haberse fijado en ellos más de lo debido, pero eso no significaba que no se hubiesen dado cuenta de que habían llegado juntos y de que parecían llevarse mucho mejor que en el pasado.

—Creo que es una idea excelente —le respondió él, acercándola a su cuerpo—. Llevo toda la noche deseando hacer esto.

Abby apoyó las manos en sus hombros y empezaron a moverse al ritmo de la música.

—No sabía que te gustase tanto bailar.

–No me refería a bailar, cariño –respondió él sonriendo con malicia–. Llevo soñando con tener tu cuerpo pegado al mío desde que he pasado a recogerte.

Abby notó su mano en la espalda desnuda y se preguntó si habría sido buena idea ponerse un vestido tan escotado.

–Estoy deseando que volvamos a mi casa –continuó él con voz ronca–. Estás preciosa con este vestido negro, pero no puedo esperar a quitártelo.

Abby sintió un escalofrío de deseo al oír aquello.

–No recuerdo haber dicho que iba a ir a tu casa esta noche.

–Pero lo harás –le dijo Brad.

No era una pregunta, y Abby estaba segura de que Brad creía que ella iba a hacer lo que él quisiera.

Aunque lo cierto era que ella quería lo mismo. Y eso le asustaba.

Quedarse dormida entre sus brazos después de haber hecho el amor con él y despertar a su lado había sido la experiencia más maravillosa de toda su vida.

Y quería volver a hacerlo una y otra vez. Durante el resto de sus días.

Se mordió el labio y se obligó a respirar. ¿Qué había hecho? ¿Cómo había podido permitir que ocurriese?

Había luchado contra ello, había intentando

esconderse y negar lo que estaba pasando. Había hecho lo impensable.

Se había enamorado de Brad Price y eso la aterraba.

Era capaz de mantenerse firme en una sala de juntas, pero el amor la aterraba.

¿Y si perdía a Brad como había perdido a su marido y al bebé que había estado a punto de adoptar?

Siempre había perdido a las personas a las que había querido.

Sintió pánico.

Necesitaba tiempo para pensar, tiempo para analizar lo que le estaba pasando y por qué sus sentimientos por Brad eran mucho más intensos que los que había tenido por Richard.

Cuando la canción terminó y Brad acompañó a Abby de vuelta a la mesa, se dio cuenta de que estaba temblando.

–¿Te encuentras bien? –le preguntó.

Ella lo miró fijamente durante unos segundos antes de asentir por fin.

–Sí, estoy bien.

Pero Brad vio pánico en sus ojos azules y negó con la cabeza.

–No me lo creo. ¿Qué te pasa?

Abby intentó sonreír, pero solo consiguió traicionarse a sí misma y parecer todavía más nerviosa.

–Solo estoy un poco… cansada –mintió, apartando la mirada de la de él–. Nada más.

Brad la había visto agotada y supo que lo que le ocurría en esos momentos era diferente. Parecía… ¿desesperada?

Frunció el ceño y le apartó la silla para que se sentase antes de ocupar el asiento que había a su lado.

No tenía ni idea de lo que había ocurrido para que Abby estuviese así de repente, pero estaba decidido a llegar al fondo del asunto. Si Abby estaba así porque había visto a alguien señalándolos o mirándolos más de la cuenta, si había oído a alguien hablar de ellos, haría que esa persona se arrepintiese de haber nacido.

Por desgracia, Mitch Taylor escogió ese preciso momento para tomar el micrófono y dirigirse a los asistentes, y Brad no pudo hacerle más preguntas a Abby.

–Buenas noches –empezó Mitch en tono alegre–. Creo que ha llegado el momento de anunciar quién estará al frente del Club de Ganaderos de Texas durante los próximos años.

Esperó a que la gente terminase de aplaudir antes de continuar:

–Empezaré diciendo que las votaciones han estado más ajustadas que otros años, con un sesenta por ciento de los votos para el ganador.

Brad desconectó y se concentró en la mujer

que tenía a su lado. Abby era la mujer más bella y atractiva que había conocido en toda su vida. Con el pelo rojizo recogido en un moño y unos pendientes de diamantes colgando de sus delicadas orejas estaban tan elegante, sofisticada y, al mismo tiempo, sexy, que había tenido que luchar consigo mismo toda la noche para evitar que todo el mundo se enterase de lo mucho que la deseaba.

Incapaz de seguir controlándose, le tocó el hombro del vestido, que se pegaba a su cuerpo como una segunda piel hasta llegar a las caderas, donde después bailaba con cada movimiento que ella hacía. Eso había sido suficiente para volverlo casi loco nada más verla, pero después de haberla tenido entre sus brazos en la pista de baile, después de haber tocado su espalda desnuda, no había podido evitar recordar cómo la había tenido en su cama, cómo la había acariciado.

–… Bradford Price –dijo Mitch.

Y toda la sala se puso a aplaudir.

Brad, que estaba concentrado en Abby, tardó unos segundos en darse cuenta de que era el nuevo presidente del club.

Cuando por fin asimiló la noticia, no pudo evitar pensar que era una victoria vacía. Había ganado, pero eso significaba que Abby había perdido.

–Enhorabuena –le dijo esta, tendiéndole la mano.

Él ignoró el gesto y le dio un abrazo.

–Lo siento, cariño. Sé lo mucho que deseabas ser la primera mujer presidenta del club.

–No pasa nada, de verdad –le dijo ella–. Has ganado justamente y te lo mereces. Ahora creo que será mejor que subas al estrado y des las gracias a todo el mundo por haberte votado.

Brad supo que tenía razón. Se esperaba del ganador que diese un discurso, pero en esos momentos era lo que menos le apetecía. Habría preferido quedarse al lado de Abby, a averiguar qué era lo que le pasaba.

Se puso en pie y, sonriendo, le dijo a Abby:

–Nos marcharemos de aquí lo antes posible.

–Ya veremos –respondió ella.

Cuando Mitch le ofreció el mazo que había servido para poner orden en el club desde hacía más de un siglo, Brad no pudo sentirse orgulloso y honrado.

–Gracias a todos por estar aquí esta noche y por haber confiando en mí para defender el honor, la justicia y la paz de esta organización.

Miró a la multitud y supo que había llegado el momento de que la vieja guardia y los nuevos miembros del club estuviesen unidos.

–Para empezar, voy a romper el protocolo unos segundos y os voy a pedir que votemos a mano alzada algunos asuntos que estoy seguro de que asegurarán el futuro del Club de Ganaderos de Texas y que nuestro querido fundador apoyaría sin dudarlo.

La gente lo miró con curiosidad.

–Me gustaría proponer que, en vez de hacer construir una sede nueva, le pidiésemos a Daniel Warren que diseñase un edificio para construirlo al lado de este y conseguir así la unión de la modernidad con la tradición. Así, el edificio que Tex Langley hizo construir hace tantos años se convertirá realmente en el corazón de nuestra organización.

Todo el mundo guardó silencio mientras digería lo que Brad estaba proponiendo y, luego, para su inmensa satisfacción, la sala se puso en pie y aplaudió. Alguien gritó que secundaban la moción y que ya podían votar.

–¿Podemos realizar una votación a mano alzada? –pidió Brad–. A favor de mi propuesta, por supuesto.

Todos los miembros del club levantaron la mano. Y aunque Brad sabía que no habría objeciones, tuvo que preguntar:

–¿Alguien en contra?

Cuando nadie respondió, utilizó su mazo de presidente por primera vez.

–Moción aprobada por unanimidad.

–¿Y los planos del nuevo edificio? –dijo alguien entre la multitud.

–¿Qué vamos a hacer con ellos? –preguntó otra persona.

–Eso será lo siguiente de lo que me ocupe –respondió Brad sonriendo–. Recientemente me he enterado de que mi hermana, Sadie, tiene pensado fundar un nuevo centro cultural familiar. Un lugar en el que se celebren exposiciones y se hagan actividades para las familias de Royal, pero también donde reciban ayuda las familias en crisis. Tiene pensado funcionar en cooperación con la casa de acogida de mujeres de Somerset. A mí me gustaría proponer la donación de los planos del nuevo edificio a la Fundación Pruitt, para la construcción del Centro Cultural Familiar Tex Langley. Y para solucionar el problema del terreno, donaré uno que tengo en las afueras de la ciudad, además de un millón de dólares para su construcción.

Antes de que le diese tiempo a proponer a votación, los miembros del club empezaron a ofrecer también su contribución al proyecto. Unos minutos después, con la moción aprobada, Brad miró hacia donde estaba su hermana y la vio llorando de felicidad.

–Antes de terminar y de que continuemos celebrando la llegada de la Navidad, quiero daros otra noticia. Quiero reconocer lo mucho que nos han ayudado durante el último año las mujeres de Royal –empezó, sabiendo que podía estar metiéndose en la boca del lobo–. Sin su ayuda y apoyo no habríamos encontrado a Daniel Warren, el arquitecto que va a diseñar la construcción de la ampliación del club. También quiero dar las gracias de todo corazón a las mujeres, en especial a Sheila Travers, por los cuidados y el cariño que le dio a mi sobrina cuando fue abandonada a la puerta del club.

Los hombres se levantaron para aplaudir a las mujeres.

—Creo que todos estamos de acuerdo en que estas mujeres están a la altura de los requisitos establecidos por nuestro fundador, Tex Langley —continuó con firmeza.

Brad se dio cuenta de que algunos de los miembros de la vieja guardia, los que más se oponían a que se admitiese a mujeres en el club, estaban mirando a sus esposas con nerviosismo, y le entraron ganas de echarse a reír. Al parecer los rumores de que las mujeres les estaban negando ciertos privilegios maritales para protestar contra la postura de sus maridos eran ciertos.

—Por lo tanto, me gustaría proponer que, a principios de año, votemos para admitir a mujeres, con todos los derechos y privilegios, en el Club de Ganaderos de Texas —finalizó.

El aplauso que siguió a sus palabras fue casi ensordecedor y, para cuando se apagó, Brad se preguntó si iban a estar pitándole los oídos toda la noche.

Miró hacia la mesa en la que había estado sentada Abby y frunció el ceño al ver que su silla estaba vacía.

¿Adónde había ido?

Brad terminó anunciando la llegada del equipo semiprofesional de fútbol a la ciudad y deseando a todo el mundo una feliz Navidad.

Bajó del podio y tuvo la sensación de que tardaba una eternidad en llegar, entre la multitud que le daba la enhorabuena, hasta la mesa en la que Sadie y Rick estaban sentados.

–¿Dónde está Abby? –les preguntó nada más llegar a su lado.

Sadie le dio un trozo de papel doblado. Su gesto era de preocupación.

–Uno de los camareros me ha traído esto para que te lo dé –le dijo, mordiéndose el labio inferior–. Creo que se ha marchado.

Brad todavía no había mirado el papel y ya sabía que no le iba a gustar lo que había escrito en él. La última vez que había recibido una nota había sido un mensaje de chantaje. Se metió el papel en el bolsillo casi sin mirarlo.

Dijo una palabra malsonante, que solo utilizaba cuando estaba con hombres y luego añadió:

–Creo que sé adónde ha ido.

Su hermana lo agarró del brazo.

–No la sigas si no estás seguro de lo que vas a hacer, Brad. Ahora mismo, está huyendo más de sí misma que de ti.

–Tengo que hablar con ella –le contestó él, sintiéndose desesperado–. Y podría tardar un buen rato. ¿Os importaría…?

–Rick y yo iremos a tu casa a ayudar a Juanita –lo interrumpió su hermana, recogiendo su bolso–. Nos quedaremos allí con Sunnie hasta que vuelvas.

Rick asintió y buscó algo en el bolsillo de su esmoquin.

–Llévate mi coche –le dijo a Brad–. Supongo

que Abby se ha marchado a casa en la limusina. Nosotros le pediremos a Zeke y a Sheila que nos lleven. Buena suerte.

–Gracias, Rick. Te debo una –le dijo Brad por encima del hombro, dirigiéndose hacia la salida de emergencia del salón.

Esa puerta estaba más cerca del aparcamiento y Brad sabía que tenía que encontrar a Abby cuanto antes.

No tardó en encontrar el todoterreno de su cuñado, se sentó detrás del volante, lo puso en marcha y salió del aparcamiento a toda velocidad. Las ruedas chirriaron al llegar la calle y una marca negra quedó en el asfalto al pisar el acelerador. Tenía que detener a Abby y averiguar por qué se quería alejar de Royal, de él.

Al llegar a las afueras de la ciudad, aceleró todavía más en dirección a su rancho. Recordó que Abby le había dicho que sus antiguas socias le habían ofrecido volver a trabajar con ellas, pero que ella había comentado que no iba a aceptar porque iba a tener que encargarse de la presidencia del club. ¿Significaba el club para ella más de lo que había querido dejarle ver?

Brad no pensaba que fuese ese el caso. Le había parecido verla aliviado cuando habían anunciado que el presidente era él. ¿Querría Abby utilizar aquello para huir de él y de lo que había surgido entre ambos?

Tuvo un mal presentimiento mientras tomaba el camino que daba al rancho Langley. La casa estaba completamente a oscuras y no vio el todoterreno de Abby aparcado en el lugar habitual. Seguro de que no iba a servir de nada, Brad salió del coche y subió las escaleras del porche de todos modos. La puerta estaba cerrada. Ni siquiera estaba el ama de llaves.

Enfadado y dolido al mismo tiempo, volvió al coche de Rick pensando que Abby debía de haberse marchado en cuanto él se había levantado de la mesa a dar el discurso. Eso significaba que le sacaba media hora de ventaja y que lo más probable era que hubiese tomado el avión privado de los Langley para marcharse a Seattle. Pero si pensaba que marchándose había terminado con lo suyo, estaba muy equivocada.

Entre ellos siempre había existido una tensión que, hasta hacía poco tiempo, Brad no había sabido a qué se debía, pero lo había averiguado durante las últimas semanas. Estaba enamorado de ella. Era probable que lo hubiese estado siempre, pero había sido demasiado testarudo como para darse cuenta.

¿Qué podía hacer?

Se sacó el teléfono móvil del bolsillo y llamó a su casa. Cuando su hermana respondió, le dijo directamente:

–Sadie, pídele a Rick que llame al aeropuerto y me compre un billete en el primer avión que vuele directo a Seattle, y tú empieza a preparar una maleta con la ropa de Sunnie y con todo lo que pienses que voy a necesitar.

–¿Cuánto tiempo vas a estar fuera? –le preguntó ella.

–No lo sé –admitió Brad, sacudiendo la cabeza–, pero te aseguro que no voy a volver hasta que no consiga traer a Abby de vuelta con nosotros.

Capítulo Once

Delante del ventanal, Abby se apretó el grueso jersey contra el cuerpo y observó cómo un águila descendía para pescar en las aguas del lago Washington.

Su avión privado había aterrizado en Seattle al amanecer y aunque se había metido en la cama en cuanto el taxi la había dejado en casa, no había conseguido dormir. Tenía la sensación de que no iba a poder hacerlo en mucho tiempo.

Cuando por fin había decidido levantarse de la cama, se había pasado el día lavando la ropa que tenía en casa y quitando las sábanas que había encima de los muebles para evitar que se cubriesen de polvo. Después había alquilado un coche para poder desplazarse mientras le llevaban su todoterreno.

Había conseguido estar casi todo el día ocupada para así evitar pensar, pero con la llegada de la noche, se encontró con que le sobraba tiempo y ya no tenía otra cosa que hacer.

Suspiró pesadamente y fue hacia la cocina a prepararse otra taza de café. Siempre le había encantado su casa en el agua, le habían encantado las vistas, que le recordaban a las del lago que había a las afueras de Royal, pero en esos momentos solo le recordaban a Brad, a la primera vez que la había besado. Por aquel entonces solo había tenido seis años, pero había habido algo en aquel beso inocente, una especie de magia, que se temía que la había marcado de por vida.

Durante años había atribuido los nervios y el mal humor que se le ponía cuando estaba cerca de él a la rivalidad que siempre había habido entre ambos. Brad siempre había hecho que estuviese alerta, preparada para contraatacar. En esos momentos sabía que todo aquello había servido para tapar la atracción y la tensión sexual que siempre había habido entre ellos.

¿Cómo había podido tardar tanto tiempo en darse cuenta? ¿Por qué no lo había visto hasta entonces?

Se hizo un ovillo en el sofá con la taza de café en la mano y cerró los ojos mientras intentaba aclarar sus emociones.

Había querido a Richard, y si este no hubiese fallecido, no tenía ninguna duda de que habrían pasado el resto de sus vidas juntos. Richard había sido su mejor amigo y su confidente, su refugio. La comodidad de su compañía había suplido a la pasión en su matrimonio. En esos momentos, Abby sabía que se había casado con él porque era un hombre del que se había podido fiar, un hombre que jamás la habría abandonado por otra mujer, como había hecho su padre con su madre.

Pero su relación con Brad era completamente diferente. Nunca habían sido amigos en el sentido tradicional de la palabra y dudaba que eso fuese posible. Brad siempre la retaba a ir más lejos, a conseguir algo más, y la química que había entre ambos era demasiada como para que la suya pudiese ser una relación tranquila. Nunca había conocido una pasión y un deseo como los que había sentido con él. Y le encantaba. Le encantaba que le hiciese sentirse viva. En resumen, que lo quería.

Pero no había otra cosa que pudiese asustarla más. ¿Y si perdía a Brad como había perdido al resto de sus seres queridos?

Echando la vista atrás, se dio cuenta de que todo había empezado cuando su padre había abandonado a su madre. Siempre había sido la niña de sus ojos y se había sentido traicionada y destrozada con su traición, con el hecho de que también hubiese roto el contacto con ella. Richard había fallecido seis meses después de su boda. Y también había perdido al bebé que había estado a punto de adoptar cuando la madre biológica de este había cambiado de opinión en el último momento.

Sacudió la cabeza y dejó la taza. Se levantó del sofá, fue a abrir las puertas correderas y salió a la terraza. La luna brillaba a lo lejos por encima de la cordillera de las Cascade. Su relejo en las aguas oscuras del lago siempre la había fascinado, pero esa noche casi ni se fijó en él.

Por mucho que quisiese a Brad y a su encanta-dora sobrina, no tenía fuerzas para volver a su-frir. ¿Qué haría cuando se cansase de ella y se in-teresase por otra mujer? ¿Adónde iría ella? ¿Y si les ocurría algo a alguno de los dos?

Por difícil que hubiese sido volver a marchar-se de Royal, Abby sabía que, en el fondo, había tomado la decisión adecuada. Estaría mucho me-jor en Seattle, donde no tendría que verlos a dia-rio y no le recordarían las cosas que deseaba y que no podía tener. Con el tiempo, seguro que incluso conseguía pensar mucho menos en ellos.

Mientras intentaba convencerse a sí misma de que aquello era posible, oyó pasos en la terraza lateral. Tenía que haber imaginado que no la de-jarían estar sola mucho tiempo.

Seguro que la señora Norris, que vivía cerca de allí, debía de haber estado paseando a su pe-rro Max cuando ella había vuelto del mercado y quería darle la bienvenida.

–Señora Norris, lo siento, pero acabo de llegar y no es un buen momento –dijo en voz alta.

Con un poco de suerte, la señora mayor pilla-ría la indirecta de que Abby no quería que la mo-lestasen y le daría al menos un día para poder re-cuperar la compostura a solas.

–¿Le importaría volver mañana por la maña-na? –continuó–. La invitaré a un café y nos pon-dremos al día.

–No soy la señora Morris y no voy a esperar a mañana por la mañana –respondió Brad, girando la esquina de la casa–. Tú y yo vamos a hablar largo y tendido. Ahora.

Abby se giró sorprendida y se le cortó la respiración al ver a Brad con el portabebés en una mano, una enorme bolsa de viaje en la otra y la bolsa de los pañales colgada del hombro.

Nunca lo había visto tan guapo, ni tan enfadado.

–¿Qué estás...? –empezó a preguntarle con voz temblorosa, haciendo una pausa para recuperar el aliento–. ¿Qué estás haciendo aquí?

No le preguntó cómo la había encontrado. Era evidente que su hermana Sadie le había dado la dirección.

–Sunnie y yo hemos decidido venir a averiguar por qué demonios te has marchado así de Royal –le respondió él, dejando la bolsa de viaje en el suelo–. Me ha parecido de muy mala educación, cariño.

Un golpe de viento le puso el pelo rojizo en la cara y Abby se lo apartó de los ojos y señaló hacia la casa.

–Vamos dentro. No quiero que a Sunnie le dé el aire.

Hizo un intento de tomar el portabebés, pero el lenguaje corporal de Brad la detuvo.

Fue hacia la puerta de la terraza y la abrió con manos temblorosas. Luego se apartó para que Brad pasase con la bolsa de viaje y la niña. Cuando entró detrás de él en el salón, tuvo la sensación de que este había encogido.

De repente, se dio cuenta de que la presencia de Brad podía ser imponente. Y, estando enfadado, incluso intimidante.

Se preguntó qué podía decirle para que se marchase y la dejase sola, intentando reconstruir su vida, una vida sin Sunnie y sin él.

Brad dejó la bolsa de viaje y la de los pañales en el suelo con brusquedad y el ruido retumbó en la habitación, rompiendo el silencio.

–Imagina la sorpresa que me llevé anoche cuando bajé del podio y me enteré de que mi pareja me había dejado plantado –empezó, dejando el portabebés en el suelo y agachándose a apartar la manta que cubría a la niña para desabrocharla–. Lo menos que podías haber hecho era quedarte a decirme adiós.

Hizo una pausa para ponerse de nuevo en pie con la niña pegada al hombro y luego miró a Abby fijamente a los ojos.

–Me debías al menos eso, Abby.

–Lo-lo siento –balbució ella. No se le ocurrió otra cosa.

El hombre al que amaba más de lo que habría creído posible estaba allí, con el bebé al que adoraba en brazos, y a ella se le estaba rompiendo el corazón. Dijese lo que dijese, ambos volverían a Texas y saldrían de su vida para siempre.

Brad sacudió la cabeza.

–Con decirme que lo sientes no es suficiente. No he hecho un viaje de tres mil kilómetros para marcharme de aquí sin respuestas. Me debes una explicación de lo que ocurrió anoche. Quiero saber por qué te has venido así aquí.

Sunnie empezó a protestar y a ponerse nerviosa y le ahorró una respuesta a Abby. Esta supo que solo estaba prolongando lo inevitable, pero tal vez así tendría algo más de tiempo para pensar en lo que le iba a decir a Brad para convencerle que lo que había hecho era lo mejor.

–Dámela –le dijo, alargando los brazos hacia la niña–. Yo le cambiaré el pañal mientras tú le preparas el biberón.

Brad la miró fijamente antes de asentir.

–Esperaremos a que Sunnie esté dormida para retomar esta conversación, no pienses que ha terminado.

Diez minutos más tarde, Abby estaba sentada en el sofá con la niña en brazos, dándole el biberón, mientras Brad las observaba desde el sillón que había enfrente. Ambos estaban en silencio y la tensión casi se podía cortar con un cuchillo.

–Supongo que todo el mundo se alegró cuando diste la noticia del club de fútbol –comentó Abby por fin, cuando ya no podía soportar más el silencio.

–Sí, supongo que generé bastante entusiasmo –comentó él asintiendo.

Al ver que no se extendía más, Abby volvió a intentarlo.

–¿Y qué decidieron los miembros acerca del local?

–Vamos a donar los planos de Daniel Warren

a la fundación de Sadie, para que construya su centro cultural, y vamos a ampliar el club actual –le contó, con expresión estoica, como su voz.

Ella se colocó a la niña en el hombro para que eructase.

–¿Quién hizo la propuesta?

–Yo.

–Es una idea excelente.

Él se encogió de hombros, pero no comentó nada más.

Abby terminó de darle el biberón a Sunnie, cada vez más nerviosa.

Conocía a Brad de toda la vida y nunca lo había visto tan distante, tan frío. Era como si estuviese preparándose para enfrentarse a un adversario, como si quisiese aprender todas sus debilidades para después utilizarlas contra él. Y Abby sabía que ese adversario era ella, y eso la ponía todavía más nerviosa.

–¿Crees que al final accederán a que puedan entrar mujeres en el club? –le preguntó, haciendo un esfuerzo por hablar con normalidad.

–Tenías que haberte quedado –le respondió él–. A principios de año habrá una votación para ver si admitimos a mujeres en el club. Espero que sea así.

–Eso es estupendo.

A Abby le alegró mucho la noticia, pero no pudo demostrar su entusiasmo debido a los nervios, y a que Sunnie se estaba quedando dormida.

Sabía que había llegado el momento que había estado temiendo desde que había visto llegar a Brad.

–Voy a dejar a Sunnie en su sillita –dijo este, levantándose para tomar al bebé.

Abby se sobresaltó al verlo de repente tan cerca.

Al quitarle a la niña de los brazos, le rozó un pecho con la mano y Abby sintió un escalofrío.

–Creo que… voy a preparar una cafetera –le dijo, intentando poner distancia entre ambos para recuperar la compostura–. Si quieres, puedes llevar a la niña a mi habitación, que está al otro lado del pasillo.

Él asintió.

–Buena idea. No quiero que se despierte si nos oye hablar.

Abby se levantó y le señaló dónde estaba el dormitorio. Mientras Brad llevaba a la niña y colocaba el intercomunicador, ella fue a la cocina a preparar café.

En realidad no pensaba que fuese buena idea tomar cafeína, teniendo en cuenta lo nerviosa y tensa que estaba, pero sabía que Brad no aceptaría una copa de vino. De todos modos, buscó una botella, tal vez él no lo necesitase, pero ella sí.

Brad no tardó en encender el intercomunicador, comprobar que la niña estaba profundamente dormida y volver al salón.

Una vez allí abrió las puertas correderas y salió

a la terraza. Mientras observaba el lago, se metió las manos en los bolsillos delanteros de los pantalones vaqueros.

Cuando sus ojos tocaron el objeto que había llevado desde Texas, entrecerró los ojos con renovada determinación.

–¿Por qué has huido, Abby? –le preguntó, al oír que entraba en la terraza detrás de él.

Ella dio un grito ahogado, como si la pregunta la hubiese sorprendido.

–¿No te parece que ya va siendo hora de que dejes de jugar y de que seas sincera contigo misma y conmigo? –inquirió Brad, girándose a mirarla.

Era la mujer más bella que había visto en toda su vida. Incluso despeinada, con unos pantalones anchos de deporte y un jersey en el que casi se perdía, deseó abrazarla y amarla con toda su alma. Tuvo que hacer un enorme esfuerzo para no acercarse a ella, tomarla entre sus brazos y besarla hasta que admitiese el motivo de su huida: que estaba muerta de miedo con lo que había entre ambos.

–Brad, pienso que… lo mejor es… que yo vuelva aquí –empezó ella, vacilante.

–¿Qué te hace pensar eso? –le preguntó él, buscando la respuesta que Abby quería evitar darle.

–Mi sitio ya no está en Texas –contestó ella, sin mirarlo a los ojos.

–¿Por qué no?

Brad sabía que, si continuaba haciéndole preguntas, al final llegaría al fondo de la cuestión.

–Has pasado casi toda tu vida en Royal. ¿Ya no te gusta?

–Sí… quiero decir, no… Yo…

–¿No lo tienes claro, cariño? –insistió él, dando un paso en su dirección–. ¿No te gusta vivir en Royal? ¿O sí te gusta?

Ella lo miró fijamente un segundo antes de asentir.

–Sí, me encanta Royal. Es mi casa, pero no es… el lugar al que pertenezco.

Brad vio tanta tristeza en sus ojos azules que casi se le rompió el corazón, pero no podía ceder tan pronto. Estaba a punto de conseguir que Abby admitiese el verdadero motivo por el que había huido de él, y no iba a parar hasta que no lo hiciese.

–¿Y cuál es ese lugar al que perteneces, Abby?

Ella volvió a mirarlo como si se sintiese atrapada, igual que en el baile de Navidad.

–Aquí –susurró.

–Mentirosa –le dijo él, acercándose otro paso–. ¿Quieres que te diga dónde pienso yo que está tu sitio?

Ella negó con la cabeza.

–No.

–Pues voy a decírtelo de todas maneras, cariño –le advirtió Brad, dando el último paso que los separaba–. Tu sitio está entre mis brazos.

Y luego la abrazó.

–No, Brad –insistió ella, todavía sacudiendo la cabeza.

–Sí, claro que sí, Abby –la contradijo él, apartándole un mechón de la mejilla–. Ahora, ¿no crees que ha llegado el momento de dejar de huir y de admitir por qué me dejaste solo en el baile para venir aquí?

–Por favor… no me hagas esto, Brad –le rogó ella.

Brad vio lágrimas en sus ojos y se sintió como un cretino. Le puso un dedo debajo de la barbilla y la obligó a mirarlo.

–¿Por qué, Abby?

Ella cerró los ojos con fuerza.

–Por-porque te quiero y no quiero arriesgarme a perderte –admitió por fin, con las lágrimas corriendo por su rostro–. Siempre pierdo a todas las personas a las que quiero. A mi padre, a Richard, al bebé. No puedo perder a nadie más. No puedo.

–Eso es lo que necesitaba oír, cariño –le dijo Brad, abrazándola con fuerza.

Le dio un beso en la cabeza y le acarició el pelo mientras Abby lloraba pegada a su pecho.

Se odió a sí mismo por haberle causado tanto dolor, pero no había tenido alternativa. Para que su relación pudiese avanzar, Abby tenía que compartir sus miedos con él.

Cuando por fin dejó de llorar, Brad le tomó el rostro.

–Cariño, en la vida no hay nada garantizado, para nadie, pero yo puedo asegurarte algo, que no va a pasar ni un minuto de esta vida en el que no te ame.

—No puedo perder a nadie más —repitió ella—. Es demasiado doloroso.

Brad tenía que haberse imaginado que Abby no iba a rendirse tan fácilmente. Era una de las cosas que más le molestaban de ella y que, al mismo tiempo, hacían que la quisiese.

—Cariño, me temo que no tienes elección —le dijo en tono cariñoso—. Me quieres, ¿verdad?

Por suerte, Abby no dudó lo más mínimo antes de contestar.

—Sí, aunque haya intentado evitarlo con todas mis fuerzas, te quiero.

Él se echó a reír. Aquella era su Abby.

—En ese caso tienes que darnos una oportunidad a los tres. Vuelve a casa conmigo, cariño. Sé mi esposa y la madre de Sunnie.

—¿Quieres que nos casemos?

Él asintió y fue a buscar una caja forrada de terciopelo que había dejado en la bolsa de pañales de Sunnie, sacó el anillo de diamantes que había dentro y se arrodilló delante de Abby.

—¿Quieres casarte conmigo, Abigail Langley? ¿Me ayudarás a educar a Sunnie y a cualquier otro niño que decidamos adoptar?

Vio lágrimas en el rostro de Abby y tuvo la esperanza de que, en esa ocasión, fuesen lágrimas de alegría.

La vio mirar el anillo y después a él, y entonces asintió.

–No puedo decirte que no. Sí, me casaré contigo, Brad, pero ¿de dónde has sacado este anillo?

–Sunnie y yo hemos estado de compras en Seattle antes de venir aquí –le contó, queriéndola todavía más con cada segundo que pasaba.

Le puso el anillo en el tercer dedo de la mano izquierda y luego se incorporó para abrazarla darle un beso que sellase la que sería una unión para toda la vida.

–Te he querido desde el día en que te besé en el lago, con seis años –le dijo Brad muy serio–. Me robaste el corazón entonces y lo has tenido todo este tiempo.

Se metió la mano en el bolsillo delantero de los pantalones vaqueros y sacó la nota que Abby le había dejado a Sadie la noche del baile.

–He viajado tres mil kilómetros para devolverte esto, cariño, no la he leído y no pretendo hacerlo.

–¿Por qué? –le preguntó ella, mirándolo con tanto amor que Brad se sintió débil.

–Porque sabía que lo nuestro no se había terminado –le explicó él, dándole un beso en la frente–. Eres mi alma gemela, mi otra mitad. Y unas palabras escritas en un papel no podían terminar con eso.

Luego se quedaron un rato en silencio, abrazándose, y después Abby se apartó un poco y lo miró.

–¿Estás seguro de que me quieres, Brad? No puedo tener hijos.

Él le acarició la frente para que dejase de fruncir el ceño.

–Quiero que los adoptemos juntos –le respondió él–. Tendremos a Sunnie y adoptaremos todos los hijos que tú quieras.

–Intenté adoptar uno el verano pasado –le confesó Abby en voz baja–. No se lo conté a nadie por si no salía bien.

Brad comprendió en ese momento que Abby no hubiese querido hablar del tema de la adopción. Había intentado tener el bebé que tanto quería de otra manera y, evidentemente, había fracasado.

–¿Y por qué no salió adelante la adopción? –le preguntó, sabiendo que estaba preparada para hablar del tema.

–Cuando el niño nació, su madre biológica cambió de opinión –le contó ella con tristeza–. Fui al hospital a por mi hijo y tuve que volver a casa sola.

Así que, en menos de un año, Abby sufrido dos horribles pérdidas. Había perdido a su marido y al bebé que había planeado adoptar, y no había podido hacer nada para evitarlo.

–No tienes que preocuparte de eso con Sunnie –le dijo Brad, esperando ser capaz de encontrar las palabras adecuadas para tranquilizarla–. De hecho, ya eres su madre. Has estado con ella tanto como yo. Le has cambiado el pañal, le has dado de comer y la has acostado. Te has preocupado por ella y me ayudaste cuando le hizo reacción la vacuna. Yo creo que todo eso te convierte en su madre, ¿no?

–La quiero con todo mi corazón –admitió Abby sonriendo.

–Ah, y supongo que a mí me quieres porque vamos los dos en el mismo paquete, ¿no? –bromeó Brad.

Abby sonrió.

–Digamos que no quiero perderos a ninguno de los dos.

De repente, algo fuera les llamó la atención.

–Mira, está nevando.

Brad frunció el ceño.

–¿Es normal?

Ella le tomó la mano.

–No suele nevar mucho, pero quiero enseñarte algo.

Brad la siguió hasta la gran terraza que había en la parte trasera de la casa flotante, sin saber qué quería enseñarle.

Cuando señaló hacia la costa de ese lado, Brad entendió que le gustase vivir en el lago, y que este le recordase al lago que había a las afueras de Royal.

Una capa de nieve cubría la colina y los pinos que había al otro lado del lago Washington, y las luces de las casas reflejadas en el agua parecían diamantes.

–Es casi tan bonito como tú, cariño.

–Solo lo dices porque me quieres –le contestó ella, abrazándolo por la cintura.

Brad la apretó con fuerza.

–Y yo no voy a dejar que lo olvides jamás. Voy a dormir abrazado a ti todas las noches y voy a despertarme abrazado a ti por las mañanas.

–Te quiero, Brad.

–Y yo a ti, cariño. Para el resto de nuestras vidas.

Epílogo

–¿Brad, has visto el mordedor de Sunnie? –le preguntó Abby a Brad de camino al todoterreno, después de haber asistido a la ceremonia de presentación del nuevo Centro Cultural y Familiar Tex Langley el día de Año Nuevo–. Lo tenía en la boca hace un minuto.

Él negó con la cabeza y se metió la mano en el bolsillo de la chaqueta.

–Aquí tengo otro –le respondió riendo–. Si es normal que nuestra hija pierda tanto las cosas, voy a comprar acciones de la empresa que las fabrica.

Abby sonrió al oír cómo hablaba de la niña. En el vuelo de vuelta a Royal, habían hablado de su relación con la niña y habían decidido que sería más fácil para ella si la llamaban hija. La iban a criar como si fuese suya y querían que supiese que la querían y que querían ser sus padres. Todos los niños necesitaban una madre y un padre, y eso era lo que ellos iban a ser para Sunnie.

Brad tomó a la niña de sus brazos para sentarla en la sillita del coche y, al hacerlo, le rozó un pecho a Abby. A pesar de llevar el abrigo puesto, la sensación hizo que se estremeciese. Se miraron a los ojos y ella se sintió como la mujer más deseada del mundo.

–¿Preparada para volver al club? –le preguntó Brad, dándole un beso rápido.

–Nunca había estado más preparada para algo en toda la vida –le contestó–. ¿Y tú? Va a ser un enorme sacrificio. ¿Estás seguro de que quieres hacerlo?

Él la ayudó a subir al coche y luego le dio la vuelta para sentarse delante del volante.

–¿Sabes una cosa? He pensado mucho en todas las mujeres con las que he salido a lo largo de los años, y he llegado a la conclusión de que intentaba saber si alguna me podía hacer sentir como me sentía contigo –le dijo, levantándole la mano izquierda para darle un beso en el anillo de compromiso que le había regalado dos semanas antes–. Tengo que decirte que ninguna te hizo sombra, cariño.

–Buena respuesta, Price –le dijo Abby sonriendo.

–Es la verdad –le aseguró él, arrancando el todoterreno.

Unos minutos después le preguntó.

–¿Te han dicho mi hermana y Rick que van a quedarse con Sadie esta noche?

Abby asintió.

–Me han pedido que le lleve las cosas de la niña a la ceremonia para que después puedan llevarse a Sunnie con ellos. Es la bolsa que has metido en el maletero antes de salir de casa.

–¿Y sabes que no nos vamos a quedar mucho rato en la recepción, verdad? –le preguntó en tono sugerente, dejándole claro lo que tenía planeado hacer después.

Pasaron por delante de casa de Brad de camino al club y Abby no pudo evitar echarse a reír.

–Mira, Brad. Creo que tu nombre era el último de la lista.

Y rio todavía más cuando lo vio parar el coche en el medio de la carretera para quedarse mirando fijamente los flamencos de plástico rosa que había en su jardín.

Luego volvió a arrancar y sacudió la cabeza.

–Ahora no quiero pensar en un rebaño de…

–Una bandada –lo corrigió Abby–. Y podría ser peor. Podrían haber sido elefantes rosas.

–Da igual. Hoy tenemos otras cosas en las que pensar –le contestó él sonriendo–. No hay nada más importante para mí que estar debajo del cartel de Honor, Justicia y Paz del club a las dos de la tarde.

Ella lo quiso todavía más.

–Te quiero más que a mi vida, Brad Price. Allí estaré.

Una hora después, Zeke Travers la acompañaba hacia el cartel que, durante generaciones, había recordado los valores del Club de Ganaderos de Texas, y Abby no podía apartar la mirada de los ojos de Brad. Estaba tan guapo, esperándola con su esmoquin negro y con un clavel rojo en la solapa.

Era el hombre al que quería con todo su corazón, el hombre que había hecho que se diese cuenta que merecía la pena amar, aunque hubiese que arriesgarse. Y el hombre que iba a hacer realidad su sueño de tener su propia familia.

–¿Preparada para empezar el Año Nuevo como la señora Price? –le preguntó Brad, cuando se detuvo por fin.

–Creo que he estado preparada para esto toda mi vida –respondió ella de corazón antes de que ambos se girasen a mirar al sacerdote.

Deseo™

Recuerdos ocultos

ANDREA LAURENCE

Decían que era Cynthia Dempsey, prometida del magnate de la prensa Will Taylor. Pero, por más que lo intentaba, no conseguía recordar su vida en la alta sociedad ni al hombre que la visitaba en el hospital. Sin embargo, su cuerpo sí lo recordaba. Aunque percibía que estaban distanciados, cuando se tocaban sentía una innegable atracción.

A Will le costaba creer en la transformación de Cynthia. La reina de hielo que lo había traicionado había dado paso a una mujer que parecía cálida y auténtica. ¿Podría volver a arriesgar su corazón sin saber qué ocurriría cuando ella recuperase la memoria?

¿Por qué no recordaba nada?

¡YA EN TU PUNTO DE VENTA!

Acepte 2 de nuestras mejores novelas de amor GRATIS

¡Y reciba un regalo sorpresa!

Oferta especial de tiempo limitado

Rellene el cupón y envíelo a
Harlequin Reader Service®
3010 Walden Ave.
P.O. Box 1867
Buffalo, N.Y. 14240-1867

¡Sí! Por favor, envíenme 2 novelas de amor de Harlequin (1 Bianca® y 1 Deseo®) gratis, más el regalo sorpresa. Luego remítanme 4 novelas nuevas todos los meses, las cuales recibiré mucho antes de que aparezcan en librerías, y factúrenme al bajo precio de $3,24 cada una, más $0,25 por envío e impuesto de ventas, si corresponde*. Este es el precio total, y es un ahorro de casi el 20% sobre el precio de portada. !Una oferta excelente! Entiendo que el hecho de aceptar estos libros y el regalo no me obliga en forma alguna a la compra de libros adicionales. Y también que puedo devolver cualquier envío y cancelar en cualquier momento. Aún si decido no comprar ningún otro libro de Harlequin, los 2 libros gratis y el regalo sorpresa son míos para siempre.

416 LBN DU7N

Nombre y apellido	(Por favor, letra de molde)	
Dirección	Apartamento No.	
Ciudad	Estado	Zona postal

Esta oferta se limita a un pedido por hogar y no está disponible para los subscriptores actuales de Deseo® y Bianca®.
*Los términos y precios quedan sujetos a cambios sin aviso previo.
Impuestos de ventas aplican en N.Y.

SPN-03   ©2003 Harlequin Enterprises Limited

Bianca

Él podía darle todo lo que siempre había deseado...

Scarlet King era una novia radiante, pero la vida iba a darle un duro golpe... Poco menos de un año después, estaba sola, y deseaba tener un bebé desesperadamente, aunque tampoco necesitaba tener a un hombre a su lado para ello.

John Mitchell, el soltero de oro del vecindario, aprovecharía la oportunidad para llevarse a la mujer que siempre había deseado. Pero su proposición tenía un precio muy alto... Para conseguir ese bebé, tendría que hacerlo a su manera, a la vieja usanza.

John le recordó todos esos placeres que se había perdido durante tanto tiempo. Le enseñó un mundo hasta entonces desconocido para ella.

El precio de un deseo

Miranda Lee

Al precio que sea

JULES BENNETT

Anthony Price, el director más famoso de Hollywood, siempre conseguía lo que quería. Sin embargo, la vida le ofreció un guion de lo más inesperado cuando obtuvo la custodia de su sobrina huérfana. Necesitaba a su mujer más que nunca... pero ella se había marchado tres meses atrás. Para conseguir que volviera, tenía que demostrar que estaba dispuesto a anteponer la familia a su carrera.

Charlotte no sabía si la paternidad cambiaría las prioridades de Anthony, pero no podía darle la espalda a una bebé inocente... ni al hombre al que seguía deseando. ¿Sería demasiado esperar tener un final feliz?

¿Ahora somos tres?

¡YA EN TU PUNTO DE VENTA!